KB110340

진주
반지를 낀
엄마

이 책은 네 명의 여성들이 치유 글쓰기 프로그램 〈마더 스토리〉를 통해 풀어낸 각자의 어머니에 관한 자전적 에세이입니다.

진주 반지를 낀 엄마

경은, 혜리, 미영, 만옥 지음

생존과 사랑에 관한 딸들의 기록

if books

여성은 엄마로 먼저 살고
나중에 딸로 산다

엄마는 왜 대개 남편이나 아들이 아닌 딸에게 넋두리를 할까요? 딸은 왜 그런 엄마를 잘 받아주면서도 힘들어할까요? 해답 중 일부를 '여성은 엄마로 먼저 살고 나중에 딸로 산다'는 심층심리학의 이론에서 찾을 수 있습니다.

분석심리학의 창시자 카를 융Carl Gustav Jung은 남성과 여성은 기본적으로 다른 인격 발달 과정을 거친다고 보았습니다. 남성은 어머니를 밀어내고 떨어져 나가는 방식으로 발달합니다. 모호하고 경계 없는 모성과는 다르게, 분리하고 구별하는 방식을 키워나가는 거지요. 반면 여성은 모성세계에 내몰면서 동하되는 방식으로 서서히 분화합니다. 그러므로 여성은 타인의 감정과 결핍을 '받아내고 채워주는' 여성 특유의 심리적 기질을 갖게 됩니다.

이 같은 맥락에서 미국의 여성주의 사회학자이자 정신분석가인 낸시 초도로우Nancy Chodorow도 비슷한 개념을 내놓았습니다. 그녀는 정체성으로 설명하는데요. 여자아이는 어머니와 동일시하면서 자기만의 정체성을 만들어갑니다.

반면에 남자아이는 어머니와 대결하면서 자신의 정체성을 발달시켜야 한다고 합니다. 남자아이는 어머니로부터 경계를 구분하고 분리하면서, 남성으로 새로운 정체성을 확립하기 위해 대립각을 세워야 한다고 말이죠. 그래서 나이에 맞게 어머니로부터 심리적으로 분리하지 못한 남성은 정체성과 관련하여 어려움을 겪을 수 있습니다. 하지만 여성은 어머니 콤플렉스에서 정체성의 토대를 유지하기 때문에 그다지 심각한 영향을 받지 않습니다. 물론 이런 여성은 어머니에 종속되거나 동일시에서 벗어나지 못해 미성숙한 상태에 머물게 될 수도 있습니다.

그러니까 어머니 입장에서는 남편이나 아들을 무의식적으로 '타자'로 인식하지만, 딸은 '나와 같은 존재'로 동일시합니다. 그러다 보니 타인의 결핍을 받아주고 채워주는 기능을 '나와 같은' 딸에게는 잘 할 수가 없습니다. 딸의 입장에서 보면, 딸은 모성세계에 머무르며 엄마로 먼저 살기에 '리틀 맘'으로 자라기 시작합니다. 모성 에너지를 엄마에게 처음으로, 그리고 강렬하게 사용하는 것이지요. 그렇게 살면서 점점 모성에너지가 소진된 딸은 뒤늦게서야 '엄마의 엄마 되기'의 모순과 부당함에 눈뜨며 비로소 분화가 시작되는 것입니다. 이 점이 바로 여성이 모성으로부터 분리가 어려운 지점이며, '엄마 미워하기'의 심층심리학적인 이유입니다.

분화란, 우리가 세상에 태어나면서부터 의식적으로든 무의식적으로든 생존을 위해 배우고 익힌 집단의식의 껍데기를 벗고 자신만의 고유한 특성으로 회복해가는 과정을 의미합니다. 이 과정은 죽을 때까지 계속되는 것으로 완성이란 없습니다. 그렇기 때문에 우리는 감히 엄마에게 떨어져 나왔다고 확신할 수 없으며, 여전히 엄마와 동일시로 묶여 있다고 해서 미숙하다고 비난해서도 안 됩니다. 모성으로부터의 분리는 나의 일부를 도려내는 것과 같은 고통과 상실의 체험이며, 용기와 결단이 있어야만 가능한 일이기 때문입니다. 게다가 끝이 없기도 하고요.

우리가 딸로서 어머니의 이야기를 하는 이유도 여기에 있습니다. 어머니의 삶을 들여다보며 여성의 삶을 이해함으로써, 모성과 동일시된 정체성을 분화시키고 성숙한 인격을 만들기 위해서입니다. 그러기 위해서는 '나'로 살기 위한 자기만의 방법을 찾고 확인하는 과정을 거쳐야만 합니다. 이 과정은 탯줄로 이어졌던 때로 다시 돌아가는 퇴행이 일어나기도 하고, 맨 처음 세상으로 내던졌을 때의 공포와 맞닥뜨려지기도 하며, 결국 제 손으로 정서적 탯줄을 끊어내는 자발적 분리의 고통도 필요합니다. 그러면서 우리는 '엄마'가 남긴 정신적 유산과 삶이 주는 교훈을 얻게 되는 것 같습니다.

우리들이 쓴 엄마 이야기에도 이런 모습들이 나타납니다. 엄마를 향한 그리움, 맹목적인 동일시, 미움과 원망의 마음도 솔직하게 표현되었습니다. 이런 마음들이 잘 이해가 되지 않거나 불편하게 느껴질 수도 있습니다. 하지만 이런 딸들의 마음이 현실의 어머니를 향한 것만은 아니라는 것을 이해해야 합니다. 실제 경험을 바탕으로 한 현실의 어머니에게 갖는 주관적인 해석과 집단무의식에 자리잡고 있는 원형적인 어머니상이 뒤엉켜 있는 것으로 볼 수 있습니다. 무조건 품어주고 내어주는 이상화된 어머니상과 내 어머니를 동일시한다면 희생적이고 숭고한 어머니를 존경하게 되겠지요. 그러면서 여성의 삶에 대해 자신의 어머니와 똑같은 생각을 하고 있다면, 그 사람은 그것만으로 거의 만족스럽게 살아갈 수 있을 겁니다. 반면 파괴적이고 집어삼키는 부정적인 어머니상이 현실의 내 어머니 상과 겹치고 섞일 때는 강렬한 부정적인 정동이 일어나게 마련입니다. 엄마처럼 살지 않겠다고 다짐하거나 어머니를 연상시키는 것들을 무시하거나 경멸하기도 합니다. 게다가 이런 이상적인 어머니상과 부정적인 어머니상의 대립적인 모습과 그로부터 나오는 강렬한 양가감정 또한 한 사람의 어머니와 딸에게서 동시에 보여지고 느껴질 수 있다는 점도 잊지 말아야겠습니다.

엄마를 사랑하면서도 미워할 수 있다

엄마의 스펙트럼은 넓습니다. 다 같은 엄마가 아니고, 특별한 한쪽 면만 있는 엄마도 없습니다. 만약 그런 사람이 있다면 그야말로 정말 힘들게 살고 있다고 봐야겠지요. 대극성이라는 정신의 고유한 특성이 철저히 억압되고 있는 거니까요. 이 책은 '엄마'의 여성성에 관한 이야기이기도 하고, 네 명의 딸이 쓴 평범하거나 지독한 엄마 이야기이기도 합니다.

네 명의 이야기가 세상 엄마를 다 담을 수 없는 건 당연합니다. 하지만 필자가 훨씬 많다고 해도 크게 다를 것 같진 않습니다. 그래도 이 이야기가 우리의 현실 엄마뿐 아니라 우리들 내면의 어머니상을 알아가고, 여성이 치유하고 성장해가는 과정을 이해하는 데는 쓸모가 있을 것입니다.

엄마를 사랑하면서도 미워할 수 있습니다. 어머니를 향해 양가감정을 가지고 있다고 해서 불안과 죄책감을 가질 필요가 없습니다. 엄마의 에너지가 너무도 압도적이라면 우러러보면서도 숨통이 막힐 것 같은 구속감을 느낄 수 있습니다. 혹 사랑은커녕 미움만 있다 해도 어쩔 수 없는 일입니다. 엄마가 딸에게 느끼는 감정도 마찬가지입니다. 아이가 독립적으로 살길 바라면서도 동시에 자신의 치맛자락에 매달려 있기를 바랄 수도 있습니다. 갈등은 인간 심리의 바탕이기에, 언제나 어떤 식으로든 대립적이거나 다양한 감정이 엉켜 있는 형태로 나타납니다.

그러므로 한 사람에게 느껴지는 여러 감정은 파괴적일 수도 있고 건설적일 수도 있습니다. 사랑하기 때문에, 사랑받고 싶기 때문에 실망과 분노가 일어납니다. 우리가 사랑하는 것은 언제나 우리를 실망시킬 준비가 되어 있으니까요. 그렇지만 실망하고 싶지 않다고 해서 사랑하기를 포기해서는 안되겠습니다. 우리가 생을 통해 배우는 건 결국 사랑일 테니까요. 딸 노릇, 엄마 노릇을 하면서 겪은 어려움을 감당하는 방법을 찾아내어 결국 내 인생을 살아내고 있다면 그 양가감정은 건설적으로 쓰인 것입니다. 반면에 고통과 절망을 꼭 쥐고서 자기비난과 죄책감, 억울함과 원망으로 자기 생을 밀쳐내고 있다면 파괴적인 것이 되겠지요. 내 마음의 모든 측면을 있는 그대로 인정하고 수용하면 그것이 치유이고 성장입니다. 결국 고통이 나를 키워냈고 더 단단하게 성장시켰음을 받아들인다면 사실 지난 고통이 그렇게 야속하지 않을지도 모릅니다.

고통이 나를 어떻게 성장시켰는지 알 수 있는 좋은 방법이 글쓰기입니다. 고통에 주의를 기울이는 것으로 치유과정은 시작됩니다. 고통이나 괴로움은 표현되어야 합니다. 그런데 타인은 언제나 내 이야기를 들어주기가 힘들지요. 하지만 글쓰기는 가능합니다. 불안과 우울, 완벽주의에 시달릴 때나, 크고 작은 상처나 트라우마에 짓눌려 있을 때 글쓰기로 내면의 상처를 마주하고 돌볼 수 있습니다. 저는 '글쓰기가 나를 구원했다'라고 표현할 정도입니다.

생각하고 있는 주제를 막상 글로 쓰면 생각지도 못한 엉뚱한 이야기로 흘러갈 때가 많습니다. 특히 엄마 이야기가 그렇습니다. 사람들과 부딪혀서 속상했던 일을 '미친년 글쓰기'로 하는데 엄마가 툭 튀어나오기도 하고, 마음먹는 대로 잘되지 않는 일에 원인을 찾아보려 글을 썼더니 결국 모른 척하고 싶었던 열등감과 다시 마주하기도 합니다. 결국 쓰면 쓸수록 고통의 무게는 줄어들고 통찰은 깊어집니다.

딸들이 말하는 엄마 이야기를 듣고 싶었습니다. 그리고 그 이야기를 책으로 엮기로 했습니다. 이프북스에서 출판을 기획하고 제가 안내하는 〈마더 스토리〉는 2023년 4월부터 8주 동안 진행되었습니다. 프로그램을 마친 후에는 온라인 비공개 카페에서 만남을 이어가며 고쳐 쓰기를 반복하였고, 조금 거칠지만 자전적 에세이 형식이 갖추어졌습니다.

〈마더 스토리〉에서는 철저히 치유 글쓰기 기법으로 글쓰기를 제안했습니다. 치유 글쓰기는 내면과 접속하기 위해 무의식적이고 비합리적으로 글을 쓰는 것입니다.

치유 글쓰기에는 다양한 기법이 있지만 우리가 사용한 핵심적인 방법은 다음과 같습니다. 떠오르는 대로 자유롭게 쓰기, 쉬운 말로 말하듯이 쓰기, 정해진 시간 동안 멈추지 않고 빨리 쓰기, 마지막으로 솔직하게 쓰는 것입니다. 한마디로 말하면 내면이 실컷 말하도록 허락하고 손은 그저 받아쓰기를 하는 것입니다. 20분에서 30분 정도 글을 쓴 후 거리를 두고 내가 쓴 글을 읽어봅니다. 그리고 '알아차림 요약하기' 문장을 완성하지요. 글을 쓰면서 새롭게 알게 된 점이나 통찰한 내용을 한 문장으로 명확하게 써보는 겁니다.

우리가 8주 동안 글쓰기 한 주제는 '우리 엄마는 이런 사람입니다' '엄마의 물건' '사진으로 본 엄마' '엄마 인터뷰하기' '엄마에게 부치지 않을 편지 쓰기' '엄마에게 답장받기내가 엄마가 되어 쓰는 편지'입니다. 물론 각자 쓰고 싶은 이야기는 무엇이든 자유롭게 쓰면 되었습니다.

이렇게 쓰다 보니 엄마 이야기를 하자고 했는데, 자꾸 내 이야기를 하게 됩니다. 엄마를 주인공으로 세워볼까 했지만, 엄마와 내가 공동 주연을 맡고 있습니다. 어머니와 동일시되어 있는 딸들의 한계일 수도 있습니다. 동시에 여성은 관계지향적이기에 '우리들의 이야기'를 하게 되는 것이 자연스럽기도 하며, 이게 바로 여성의 말하기 방식이기도 합니다. 이러한 글쓰기 방식이 아니었다면 이토록 진솔하고 뜨거운 글이 나오지 못했을 겁니다.

여기 네 명의 저자들은 죽음과 재생, 부활의 과정에 뛰어든 용감한 영웅들입니다. 우리는 이제 갓 '나 됨'을 회복하기 위한 통과의례를 거쳤을 뿐일지도 모르겠습니다. 엄마에게 바치는 사랑의 송가를 쓰려 했으나 결국 부인했던 미움과 원망을 봐야 했습니다.

반대로, 너무나도 '위대한' 엄마의 위선을 폭로하려 했으나 결국 엄마를 얼마나 사랑했고, 오직 사랑받고 싶었는지를 절실히 깨닫기도 했습니다.

저마다 다른 엄마 이야기지만, 모두 온몸으로 썼습니다. 죽음에 임박했을 때 일생일대의 비밀을 털어놓은 엄마도 있습니다. 자주 집을 나가던 엄마, 열네 살 어린 동생을 낳은 엄마, 딸이 눈독 들이는 건 다 가져가라고 퍼주는 엄마. 응급실에서 비밀을 발설한 엄마는 가정폭력에 고통당한 내면아이가 있었습니다. 집 나가기와 다시 들어오기를 반복했던 엄마의 엄마는 아이가 어릴 적 집을 나가 아예 돌아가지 않았습니다. 열네 살이나 어린 다섯 번째 동생을 안겨준 엄마는 큰딸에게 임신한 모습을 너무 많이 보여줬는데, 그 엄마의 종교는 '아들'이었기 때문입니다. 자신의 것을 다 내준 헌신적인 엄마는 치매에 걸려 "이게 뭐니, 색깔 참 예쁘다" 하며 홍시를 먹고 또 먹습니다. 이 엄마들은 모두 중요한 것을 잃어버렸고, 하고 싶은 말을 할 수 없었고, 느껴야 할 감정을 느낄 수 없었던 상처받은 영혼들입니다. 동시에 자기 생을 놓지 않았고, 소중한 것을 지켜냈고, 소망하기를 멈추지 않았던 강한 존재들입니다.

독자들에게 당부합니다. 여기 엄마의 이야기를 쓴 딸들도, 그녀들의 엄마도 '자연'으로 봐주세요. 나무처럼 산처럼, 강처럼 바다처럼 봐주세요. 저기 나무가 있구나, 강물이 흐르는구나 하고, 있는 그대로 만나주십시오.

우리들의 이야기는 유기체의 경험담입니다. 생명이 자기만의 생을 살아내면서 겪은 우연과 고통과 배움에 관한 이야기이지요. 그러니 그리 특별할 것도 없는, 그리 이상할 것도 없는, 하지만 고유하고 신비한 존재들의 고백이자 한계이고 현재의 의식성이 담긴 자기선언 같은 겁니다.

원하는 걸 얻지 못하거나, 마땅히 받아야만 하는 것을 받지 못하거나, 소중한 것을 잃었을 때, 일이 잘못되었을 때, 우리는 아픔을 느껴야만 합니다. 그 일을 고통으로 직접 체험하지 못한다면 그 일은 내게 없던 일과 마찬가지입니다. 있던 일을 있던 것으로 바로 보고 이해해야 비로소 '나'로 사는 일이 가능해집니다. 아픔이나 후회 없는 삶이 결코 좋은 게 아닙니다. 썩 내키진 않지만, 자기실현의 과정에는 반드시 좌절과 고통이 따라야만 한다는 심리학의 이론들, 영적 스승들의 지혜에 고개를 끄덕이지 않을 수 없습니다.

우리가 '엄마'와 살면서 얻은 깨달음도 똑같았습니다. 원래부터 거기 있었던 결핍, 우리가 만들어낸 결점, 불완전한 것들을 사랑하는 법을 배우게 되었습니다. 이런 걸 깨닫기까지 참 아팠고, 후회되는 일도 새록새록 떠올랐습니다. 그렇지만 후회라는 것은 우리가 잘못했음을 알려주는 게 아니라, 더 잘하고 싶은 마음이라는 것을 알게 되었습니다. 후회한다 해도 자신을 미워하지 않는 것이 중요하다는 것도 배웠습니다.

이 책을 읽는 동안 당신의 일부도 비칠 겁니다. 엄마와 딸의 관계는 무조건적인 사랑의 관계라는 세상의 공식을 다시 생각해 볼 수 있기를 바랍니다. 엄마는 강인하고, 희생적이며, 사랑이 넘치는 존재라는 환상을 자각하고, 그것을 버릴 때 비로소 우리는 취약한 엄마, 상처투성이인 엄마를 있는 그대로 더 사랑하게 될 것입니다. 그뿐인가요. 그렇게 받고 싶었던 무조건 내 편 들어주는 사랑, 곧 죽어도 나를 지켜주는 사랑, 그 사랑을 바로 우리 자신에게 내어줄 수 있게 되리라 믿습니다.

여러분들도 글쓰기를 해보면 좋겠습니다. 내가 살아온 이야기도 좋고, 엄마 이야기도 좋습니다. 글쓰기를 해보고 싶은 마음이 조금이라도 있다면 그냥 쓰십시오. 글쓰기는 다른 사람이 아닌, 나를 위해 하는 거라는 걸 잊지 마세요.
자신에게 정직할수록 더 생생하고 감동적인 글이 나옵니다.
내가 저지른 실수와 잘못된 판단들을 기꺼이 마주하고, 그
서툰 짓을 한 자신에게 뜨거운 연민을 느껴보세요.

한경은
통합예술심리상담연구소 〈나루〉 대표

미영의 마더

우리 엄마는 부재중

만옥의 마더

닮고 싶지 않았지만 끝끝내 닮아버린

이프북스의 추천사

저자에게 그리고 독자에게…

경은의 마더

죽지 않는 함명호 씨

스토리

모두가 나다

심리상담과 교육 일을 하며 살고 있다. 마음공부를 하고 성장하는 과정에서 온전한 내가 되어가는 만큼 엄마에 대한 오해가 풀어지고 이해가 깊어지는 것 같다.

나는 엄마가 불쌍하고 외로운 여자라고 생각했다. 지금은 반대 측면의 엄마를 보지 못했음을 안다. 엄마의 다른 쪽을 보지 못했던 건 다른 편의 나를 볼 수 없었기 때문일 거다. 자신을 알아가는 일은 평생 하는 거지만, 그래도 젊을 적에는 자신을 잘 알 수 없기에 남도 잘 모른다. 그게 부모라도 마찬가지인 듯하다. 엄마는 나를 인정하지 않는다고 생각했지만 내가 엄마를 인정하지 않은 거였고, 엄마가 나한테 매달린다고 생각한 건 내가 매달리고 싶었던 거였다. 내 편이 되어주지 않았다며 엄마를 비난한 건, 정작 나조차 내 편을 들어주지 않은 스스로를 향한 심판이었다.

엄마는 병을 앓으면서 온화하고 포용적인 성격으로 변했다. 이 부분에 대해서도 내가 엄마를 바라보는 눈이 달라졌기 때문일지 모른다는 생각을, 또 이제야 하게 된다. 내가 얼마나 많은 나를 보았고 그것을 어떻게 받아들였는지에 따라 내가 보는 엄마도 달라진다는 걸 알게 됐다. 엄마 이야기를 쓰다 보니 엄마의 죽음과 사랑이 주된 이야기가 되었다. 이 역시 현재 내 삶의 화두다.

"투사가 인식을 만든다."

그러니까 내가 쓰는 엄마의 이야기는 내 인식의 한계를 드러내는 자기 고백이 되겠다.

백두대간 타는 여자, 죽지 않는 엄마

죽은 엄마 앞으로 동백여행사 소식지가 온다. 3개월에 한 번씩 오는 '함명호' 씨의 우편물을 뜯어본다. 3월 초 엊그제 온 소식지에는 목포, 거제, 통영, 포항, 남해 맛기행 시리즈가 많다.

'명호 씨는 바다보다 산을 좋아하는데, 산은 없나?'

뒷면에는 경주, 진해, 쌍계사 같은 곳의 벚꽃놀이 상품들이 있다. 꼼꼼히 살펴보니 마지막쯤에 지리산, 황매산 철쭉제가 눈에 띈다.

'여기가 좋겠군.'

마치 엄마랑 갈 것처럼 좀 설렜다. 나는 3개월에 한 번씩 이렇게 그리움 놀이를 하는 것 같다. '엄마는 내 가슴에 살아 있는데 납골당엔 뭐하러 가' 하며 일 년에 한 번 형식적으로 가고 있다. 그래도 이렇게 엄마 글을 쓰기 시작하니 사무치게까지는 아니고, 보고 싶다. 그리고 이런 의심이 일어난다. 나는 엄마를 그리워해야만 한다고 생각하는 걸까? 보고 싶은 것도 사실이고, 계속 보고 싶어 해야만 할 것 같은 마음도 사실이다.

2019년, 엄마 나이 쉰일곱에 난소암 진단을 받고 10년을

경은의 마더

투병하다 돌아가셨다. 수술받던 날, 3시간 정도 지났을 때 의사가 중간에 나와서 하는 말이, 배를 열어보니 다 퍼져 있다며 예후가 좋지 않다고 했다. 6개월에서 1년을 못 넘길 거라 했다. 엄마는 해가 바뀌어도 죽지 않았다. 엄마는 살아야만 한다고 했다. 정확히 왜 살아야 한다고 했는지는 가물가물하다. 하긴 살고 싶다는 유기체의 본능을 가지고 왜 살고 싶냐는 이유를 따져 묻는 것 자체가 건방진 것 같다. 큰딸이 다시 좋은 짝을 만나는 것도 보고, 세 번째 결혼한 막내딸이 안정되게 잘 사는 걸 봐야 한다고 했던 거 같기도 하다.

엄마는 생의 의지가 대단했다. 죽지 않고 계속 살아내는 명호 씨를 두고 의사들은 입을 모아 기적이라 했다. 말하기조차 힘든 통증이 있는 날을 빼곤 비가 오나 눈이 오나 집 근처에 있는 국사봉에 올랐다. 나도 가끔 따라갔는데, 엄마는 숨을 헐떡이고 땀을 쏟아내면서도 이래야 산다고 했다.

"그럼! 우리 엄마 한참 더 살아야지, 아직 아니여. 힘내. 함명호 씨!"

내가 엄마 등을 쓱쓱 문지르며 말했다.

엄마는 병을 앓기 전까지 봉제 공장에서 마도매손바느질로 단추나 후크 같은 걸 다는 일 일을 했고, 쉬는 날이면 방방곡곡으로 산을 타러 다녔다. 백두대간을 수없이 넘었다고 했다. 나는 지금두 백두대가이 큰 산줄기라는 것만 알지, 그 산을 '체험' 한 적이 없다. '함명호'라는 존재에 대해 순수한 호기심을 갖고 마주한 적이 없고, 겨우 '내 엄마'라는 한 측면만 아는 것처럼.

엄마 앨범에는 산에서 찍은 사진이 많다. 마치 산처럼 우뚝 서 당당해 보이는 그녀가 멋져 보이기도 하고 낯설기도 하다. 낯선 이유는 엄마 표정이 진짜 밝고 행복해 보이기 때문이다. 엄마는 산에 가면 그렇게 좋을 수가 없다고 했다. 세상 시름이 잊히고, 산에서 먹는 밥은 고추에 고추장만 찍어 먹어도 꿀맛이라고 했다.

엄마가 그렇게 좋아하는 산에 한 번도 같이 간 적이 없다고 생각했는데, 그래서 좀 미안했는데, 지금 글을 쓰면서 생각났다. 내 아들이 열 살쯤 되었을 때, 그러니까 엄마가 진단받기 바로 전에 관악산에 같이 갔다. 한 번도 안 간 건 아니었구나. 오류 난 기억이 수정된다. 하지만 수정됐다고 생각하는 이 기억도 정확하지 않을 가능성이 더 높다. 기억이란게 그렇다. 다분히 주관적이고, 자의적이고, 교묘하니까.

내가 아는 엄마는 누구일까. 함명호 씨를 내 엄마라며, 내 엄마는 좀 안다고 하는 나는 누구일까. 그러니까 내 엄마

경은의 마더

의 이야기는 '나'라는 사람의 지극히 편협된 기억과 해석에 의해 묘사될 수밖에 없다. 그렇다고 엄마를 객관적으로 얘기하려 하진 않을 것이다. 그럴 수도 없고, 꼭 그래야만 하는 것도 아니니까.

엄마는 내게 상도동에 있는 작은 빌라를 물려주고 갔다. 엄마 혼자 바느질해서 번 돈으로 딸 둘을 키우며 산 집이다. 엄마와 둘이 이 집에서 십 년을 살았다. 나는 가끔 '나 이래 봬도 상속녀야' 하며 우스갯소리를 했는데, 너무 악착같아 불편했던 엄마가 자랑스러운 엄마로 둔갑하는 순간이다. 엄마의 악착이 가난의 냄새를 풍기는 것 같아 싫었지만, 결국 그 덕을 보고 살고 있다.

나는 이 집에 혼자 살면서 밖에 나갈 때는 '다녀오겠습니다', 들어올 때는 '다녀왔습니다' 하고 소리 내 인사를 한다. 습관이 돼서가 아니라, 그냥 하고 싶어서 하는 거다. 그러면 나 혼자 사는 것 같지가 않아서, 세상에 나 혼자인 거 같은 느낌이 조금은 가셔지는 것 같아서 그렇게 한다.

한번은 친구랑 같이 집에 들어오는데 내가 그렇게 인사를 하고 들어가니까 친구가 깜짝 놀랐다. 누구한테 인사를 하냐고, 엄마한테 한다고. 무섭다고 그러지 말라고 한다.

나는 뭐가 무섭냐고, 네가 지금 하는 있는 그 생각이 더 무섭다고 하면서 같이 피식 웃었다. 사실 나도 가끔 '미친년' 같다고 생각하긴 한다. 간혹 엄마 목소리가 들리는 것 같을 때도 있다.

'그래 잘 갔다 와. 우리 딸.'

나는 잘 갔다 오고 있는데, '엄마는 잘 가기만 하고 안 와? 정말 안 오지?' 역시 사무치게는 아닌데, 이번에는 목구멍이 좀 막힐 정도로 울컥한다. 그래도 눈물이 터지지는 않는다. 그동안 실컷 울어서일까. 눈물이 터지면 혹시라도 내면의 '혼자 남겨진 아이'를 만날까 봐 두려워서일까.

아이를 만나는 게 두려워? 왜? 네가 책임져야 할 것 같아서?
– 응. 그런 것 같아.
그 아이는 넌데? 네가 책임지지 않으면 누가 책임져?
– 그래, 그렇지! 이미 나는 나를 책임지고 살고 있는 걸 잊고 있었네. 책임… 그 말이 그리도 무거웠구나. 책임이란 단어만 들어도 나는 무겁고, 또 무서웠구나.

여전히 엄마와 동일시되어 있는 부분이 있다. 이상하지도 않고 싫지도 않다. 부모의 어떤 특성을 내려받았고, 이젠 그게 '엄마 것'이 아니라 '내 것'임을 받아들이기 때문이다. 빈 집에 대고 다녀오겠습니다, 다녀왔습니다 하는 인사는 어쩌면 엄마한테 하는 게 아니라 내 자신에게 한 건지도 모른다. 엄마의 일부가 나고, 내 일부가 엄마니까, 그러니까 엄마한테 한 인사는 나한테 한 인사가 되기도 한다. 외로워서, 나에게라도 말을 걸고 싶어서, 잘 갔다 오라고, 오늘 하루도 나를 책임지고 사는 나를 다독였던 것 같다.

엄마는 살아서도 내 옆에 너무 바짝 붙어 있었고, 죽어서도 내 영혼으로 들락날락하는 것 같다. 엄마가 병들어 있을 때는 엄마의 숨소리가 힘에 겨웠는데, 지금은 엄마 귀신을 본다 해도 거북하지 않을 것 같다.

영정 앞에 꽃 장식은 적당히 중간쯤으로

엄마는 내게 자기를 책임지라고 한 적이 없다. 그런데도 나는 엄마를 책임져야 한다고 생각했다. 돌아보면 참 오만한 생각이다. 엄마는 죽음의 과정에서도 최선을 다했다. 자기 영정사진도 알아서 찍어 액자로 만들어놓았다.

영정 앞의 꽃 장식은 너무 화려하지도 않게, 그렇다고 너무 없어 보이지도 않게 적당히 '중간급'으로 하라고 일러두었다. 화장해서 할아버지 무덤에 뿌려달라고 했는데, 호스피스 병동에 있는 동안 고향 근처에 있는 '에덴추모공원'이 좋겠다고 마음을 바꿨다.

마지막 순간에 입을 깨끗한 새 옷을 사러 가자고 해서 휠체어에 태워 모시고 갔다. 작은 국화 같은 꽃이 수놓여 있는 흰색 블라우스를 준비해두었다.

이런 일들은 모든 게 당신 마음에 들어야 직성이 풀리는 엄마의 통제 욕구가 작동한 것이기도 하지만, 덕분에 내가 치러야 하는 장례 절차에서 신경 쓸 거리가 준 것도 사실이다. 그렇게 엄마는 끝까지 자기 생을 통제했고 또 책임을 다했다.

알아서 잘 사는 엄마를 왜 내가 책임져야 한다고 생각했을까. 엄마가 남편 욕을 하거나 서러운 인생 넋두리를 할 때마다 엄마의 감정을 받아내서? 그래서 엄마를 위로하고 엄마를 행복하게 해줘야 할 것만 같은 중압감이 들어서? 그렇다. 딸들이 엄마를 지긋지긋하게 느끼는 가장 큰 이유일 것이다. 하지만 그때도 엄마는 내게 당신 감정을 책임지라고 하진 않았다.

물론 대놓고 말하지 않았다고 해서 엄마의 책임이 없는

건 아니다. 말하지 않아도 엄마의 태도에는 우리는 한 몸이니 너는 얘기를 들어줘야지라는 태도가 있었고, 엄마의 무의식에도 그랬을 터이다. 딸들은 그런 엄마의 태도를 기가 막히게 정확하게 읽어내고, 엄마의 무의식에서 풀려나온 그림자에 휩싸여 알아서 엄마의 분노와 슬픔, 외로움과 상실, 원망과 서러움을 죄다 자기 것으로 빨아들인다.

그렇다고 엄마의 어두움만 담는 것도 아니다. 엄마의 빛도 흡수하여 엄마의 기쁨을 제 것으로 여긴다. 그러니 딸은 엄마의 그림자와 빛 모두가 자기 것이기도 하기에 자기가 책임지려 한 거다. 엄마와 딸의 강력한 결속, 그래서 생겨난 애증은 이렇게 동일시에서 비롯된다.

내 엄마로 살았던 '함명호'라는 여자가 알고 싶어졌다. 명호 씨는 어떤 아이였을지, 부모에게 환대받고 태어났는지, 그 아이에게 부모님은 어떤 존재였는지, 명호 씨의 첫사랑 이야기도, 소녀시절의 풋풋한 추억도, 명호 씨가 처음 엄마가 되었을 때의 경험도, 남편과 살면서 가장 행복했던 장면은 어떤 건지도, 남편이 죽이고 싶도록 미웠을 때는 언제인지도, 자식들이 너무 버거워 가출하고 싶었을 때는, 이혼 후 만난 애인에게는 많이 사랑받았는지, 병에 걸렸을 때 누가 제일 먼저 생각났는지, 투병하면서 뭐가 제일 힘들었는지, 병주에 좋았던 기억은 없었는지, 어떤 죽음을 맞이하고 싶었는지, 당신의 아버지를 보내고 나 같은 생각을 했는지….

이런 건 왜 당사자가 대답해줄 수 없을 때 궁금해지는지 모르겠다.

명호 씨의 비밀

명호 씨가 죽던 그해, 열이 나거나 배가 아파 한 달에도 몇 번씩 응급실에 드나들 때였다. 초봄 쌀쌀했던 그 밤, 명호 씨와 큰딸은 일주일 정도 입원해있을 동안 필요한 물건들을 28인치 트렁크에 챙겨 넣었다. 택시를 타고 성모병원 응급실로 들어갔다. 보나마나 내일 아침이면 일반 암병동으로 올라갈 게 뻔했다. 명호 씨는 신음소리를 내지 않으려 입술을 앙 다물고 있었다.

명호 씨는 참는 데 선수다. 그녀는 일단 병원에 오면 좀 안심이 된다고 했다. 딸은 명호 씨가 통증이 심해지면 공포도 커졌으리라 짐작했다. 딸은 익숙하게 가제에 물을 묻혀 입술 사이에 끼워주고 명호 씨 손등을 쓰다듬어주었다. 명호

경은의 마더

씨는 누가 자기 몸을 쓰다듬어주는 걸 좋아했다. 딸은 물도 못 마시는 명호 씨가 애처로웠고, 그 모습을 보고 있는 게 고통스러웠다. 진통제 효과가 나타나기 시작하자 명호 씨는 살 것 같았다. 그리고 간신히 일어나 앉더니 이야기를 시작했다. 그 이야기가 어떻게 나오게 됐는지는 둘 다 모른다. 명호 씨의 목소리는 비장하지도, 서글프지도 않았다. 뭔가에 홀린 듯한 목소리였다.

"아부지한테 많이 맞았어. 엄마가 집을 나갈 때마다 아부지가 나를 때렸어."

"할아버지한테 맞았다고? 엄마는 할아버지한테 사랑 많이 받았다고 했잖아. 엄마도 할아버지를 되게 좋아하지 않았어? 할아버지 산소에 가서 잘 살게 해달라고 울면서 기도도 하고 그랬잖아. 그런데 할아버지한테 맞았다고? 여지껏 아무한테도 말 못 한 거야?"

"응, 할아버지는 나만 때렸어. 술 먹으면. 나만 많이 맞았어."

"그래서 할머니를 그렇게 미워했구나⋯."

"응."

그러고 나서 명호 씨는 딸의 품에 안겨 한참을 아이처럼 엉엉 울었다. 딸도 같이 울었다.

니는 왜 이 이야기를 삼인칭으로 쓰고 있는가. 내가 그 안에 다시 들어가는 게 겁이 나서? 내 아버지의 폭력이 떠오를까 봐? 그날 황망함과 슬픔을 다시 느끼고 싶지 않아서? 이렇게 꼬치꼬치 내게 물어본다.

답은 아니다. 내 아버지의 폭력이 떠오른다고 해서 그렇게 무섭지도 않고, 그날의 통증 섞인 강렬한 감정을 다시 느끼는 게 겁나서도 아니라고 답한다. 떨어져서 보고 싶었다. 두 여자를 응시하고 싶었다.

엄마와 나는 그때도 하나였을까? 아니었던 거 같다. 엄마가 평생 간직해온 고통스러운 비밀을 털어놓았을 때 나는 엄마의 딸도, 엄마의 엄마도 아니었다. 그저 안전한 청자였다. 내가 엄마의 보호자가 아니었던 그 순간, '지금 이곳'에 나와 같이 살아 있는 한 존재의 고통과 슬픔을 마주할 수 있었다. 타인이 곧 나인 순간을 가장 타인이 되기 어려운 존재인 엄마를 통해 경험했다. 엄마는 집도 주고, 별걸 다 주고 갔다. 참으로 강인한 사람, 연약한 사람. 흔들리고 아파했던 사람, 죽음을 앞에 두고 점점 성숙해져갔고, 예쁘게 스러져갔던 사람, 함명호 씨.

명호 씨는 엄마를 싫어했다

엄마는 외할머니를 싫어했다. 징글징글하다고 했다. 엄마가 말하는 할머니가 싫은 이유는 "사치스럽고 요사스럽고 자기밖에 모르는 이기적인 사람"이기 때문이다. 내가 봐도 할머니에게 그런 면이 있긴 하다. 그런데 난 할머니가 내 엄마가 아니라서 그런지, 그렇게 싫지는 않았다.

할머니는 인물도 좋은 데다 치장하기를 잘했고, 고급스러운 분위기를 풍겼다. 할머니 화장대에는 계절별로 구분해서 쓰는 유명 브랜드의 비싼 화장품 세트가 빼곡했다. 검은색, 파란색, 풀색, 밤색의 마스카라도 몇 개씩 있고, 매니큐어는 적어도 서른 개는 넘었던 것 같다. 그중에 금색, 은색, 보라색 등의 반짝이가 들어 있는 매니큐어는 그때, 그러니까 40여 년 전에는 '레어템'이었을 것 같다.

내가 어릴 적에 본 할머니는 한복을 입고 지냈는데, 잔칫집에나 입고 갈 법한 곱고 비싸 보이는 치마저고리를 집에서 입었다. 시절이 지나 일상복을 입게 됐을 때도 여전히 세련돼 보였다.

엄마는 할머니의 짙은 화장을 혐오했고, 담배 피는 것도 질색했다. 할머니에게 대놓고 "늙어서 그러면 추해" 그러면

할머니는 "미친년, 지랄하네" 하고 입술을 샐룩거렸다. 둘을 보며 모녀가 달라도 이렇게 다를까 싶었다. 나는 지금도 마찬가지지만, 어릴 적에도 그런 할머니가 멋있고 자유로워 보였다. 엄마는 좀 촌스럽고 답답하다고 느꼈다.

엄마는 연한 분홍 립스틱만 발랐다. 단정한 단발머리에, 공장에 출근하면서도 거의 정장을 입고 다녔다. 엄마가 잘하는 '여자가' 레퍼토리가 있다. 여자가 헤퍼 보이면 안 된다, 싸 보이면 안 된다, 여자는 정숙해야 한다. 몸 관리를 잘해야 한다. 주로 이런 내용이었다.

엄마는 딸 둘이 쓰는 생리대를 챙겨줬고, 때가 되어 생리대가 줄지 않으면 왜 생리를 안 하냐고 물었다. 그 뜻이 생리불순을 걱정하는 게 아니라는 건 저절로 알 수 있었다. 부모의 신념은 어떤 형태로든 자녀에게 전달되기 마련이니까. 싫어하는 부모의 어떤 측면은 대개 자신이 부모로부터 완전하게 분리되지 못했거나, 또는 부모에게 과도하게 밀착되었을 때 바로 그 자신에게 드러나게 된다. 엄마의 '정숙한 여자' 신념이 어떻게 만들어졌는지 '응급실 발설'을 통해 명확해졌다. 엄마도 '엄마'처럼 살지 않으려고, '엄마'를 붙들고 살았던 거다. 엄마의 '엄마'는 이 사실을 알까. 내 엄마는 나도 그랬다는 것을 알까.

엄마가 어릴 적, 정확히 얼마나 어릴 적인지는 잘 모르겠지만 할머니가 집을 나갔다는 것은 가출이 아닌 일종의 '출장'이었던 것 같다. 할머니는 함바집을 했던 모양인데 건설현장을 따라다니면서 집을 비웠나 보다. 그날 응급실에서 할머니는 왜 집을 나갔냐고 물어보니 이 같은 이야기를 해주었다. 할아버지도 엄마도 모두 할머니의 출장을 '집 나감'이라고 해석한 것 같다 할머니가 실제 가출을 했었을지도 모르지만.

내가 본 할아버지는 평소 말수가 적고 얌전한 성격이었다. 술이 조금 들어가면 헤헤, 웃는 얼굴이 사람 좋아 보이고 정감이 갔다. 그런데 술이 많이 들어가면 폭군으로 변했나 보다. 할머니도 때렸다고 한다. 맞고만 있을 할머니는 아니었을 거다. 내 엄마도 남편에게 맞고만 있지 않았듯이. 할머니는 보통 성격이 아니어서 목소리도 크고 욕도 잘하고 괄괄하다. 한마디로 순종적이고 희생적인 어머니상과는 거리가 멀다. 그런 할머니는 돈을 번다는 핑계 삼아 다른 세상으로 나가고 싶었을지도 모르겠다. 그리고 남겨진 남편과 아이는 버림받음의 덫에 빠지고 말았나 보다. 할아버지는 자신도 인식하지 못했을 버림받음의 두려움을 큰딸에게 해소하며 아이를 희생양으로 삼았던 것 같다.

그 아이는 아버지에게도 버림받지 않기 위해 사실 할머니는 아

무도 버리지 않았지만, 버리고 싶었을지언정 힘센 아버지와 자신을 동일
시하며 '나는 아버지에게 사랑받았다'라는 환상으로 존재감
을 지켜냈을 것이다. 환상을 유지하기 위해서는 반드시 이상
화를 필요로 한다.

그 이상화라는 것은 아예 없던 것을 새롭게 만들어내는
것이 아니라, 실제 경험의 아주 작은 단서를 부풀려 이용하
는 것이다. 그러니 엄마가 말한 할아버지에게 이쁨받았다는
말도 진실의 한 측면일 것이다.

그 좋은 기억이 엄마를 살리기도 했으며, 발설하지 못하
는 강제된 침묵의 고통을 견디게도 했을 것이다. 딸은 엄마
가 아버지의 폭력을 유발했고, 그 폭력과 공포로부터 자신
을 구해주지 못했다고 생각했을 것이다. 엄마를 미워할 명분
과 정당성은 갖춰졌다. 그리고 아버지에게도 분배되어야 할
부정적인 감정은 엄마에게 집중투하 되었다. 그편이 아이에
게는 더 유리했을 테니까.

그날 응급실에서 엄마는 육체가 소멸해가는 순간에 억압
의 방어가 느슨해졌고, 그 틈을 타 상처받은 내면이 자연스
럽게 생의 목소리를 낸 것처럼 보였다. 그리고 아버지를 미워
하면 안 된다는 죄책감의 구속에서 스스로를 풀어준 게 아
닐까.

경은의 마더

엄마는 그날 비로소 부모의 그림자 저주에서 자신의 내면아이를 구해냈고, 이제 말해도 된다고, 울어도 괜찮다고 허락했던 게 아닐까.

명호 씨의 사랑 이야기

엄마와 할머니 둘 다 고생 모르고 자랐다고 한다. 할머니가 학교에 갈 때는 유모가 따라다녔다. 외할머니네 정확히는 외할머니의 부모님는 지역 유지로 땅도 많고, 자동차도 있고, 부리는 식솔도 여럿이었다. 그 시절 증조할머니가 여고를 졸업했으니 부자에다 열린 집안이었던 것 같다. 할머니는 아쉬운 거 없이 자랐지만 열여덟에 '시집'을 가야만 했다. 내가 할머니한테 이렇게 물은 적이 있다.

"아니, 우리집 여자들은 왜들 그리 다 일찍 애를 낳는대? 유전이야? 하하하! 엄마는 스물한 살에 나를 낳았고, 할머니는 엄마를 몇 살에 나은 겨?"
"열아홉인가? 그땐 그랬어. 시집가서 애 낳아야 안 끌려갔어."

할머니네가 아무리 부자라도 시대의 물결 앞에서는 소용 없었나 보다. 할머니는 소녀 적에 일곱 살 많은 청년과 결혼해서 큰딸인 '명호'를 낳았다. 친정이 부자라 그럭저럭 살았던 거 같고, 그 부가 계속되지는 않았나 보다. 이유는 잘 모르겠다. 그 덕분에 엄마도 결혼하기 전까지는 적어도 돈 걱정은 안 하고 살았다. 그런데 공부가 진짜 재미없었단다.

엄마는 동네 어디서 굿판이 벌어지면 학교를 빠지고 굿 구경을 갔다. 장송곡이 그리 듣기 좋아 장사 치르는 집이 있으면 또 학교를 빠지고 상여를 쫓아갔다. 노는 것도 좋아했고 끼도 많았다. 집 앞에 남자들이 자주 찾아왔고, 그렇게 쪽지를 주고 가더란다. 어느 밤에 어디서 만나자고. 그 말을 할 때 엄마는 슬쩍 웃음을 지었던가.

공부가 싫고 놀기를 좋아하며 굿판에 매혹당한 소녀 명호는 동네 총각을 만나 뜨거운 연애를 했다. 그 총각은 내 아버지다.

"기타 치고 노래 부르는 거에 뿅 가서 홀랑 넘어갔지."

장송곡을 좋아하던 소녀는 노래 잘하는 우수에 찬 남자랑 살기로 했다. 할머니도 할아버지도 그 총각이 탐탁지 않았다. 이유는 뻔하다. 기술도 직업도 없는, 가난한 집안의 변변찮은 사람이었기 때문이다. 하지만 할머니를 닮아 당찬 엄마는 부모에게 순종하는 딸이 아니었다. 어쩌면 엄마도 나처럼 엄마를 떠나고 싶어서 남자를 택했을까. 그게 전부는 아닐 것이다. 그리 보는 건 다면적인 삶을 너무 피상적으로 해석하는 걸 거다. 게다가 우리 정신세계 또한 그렇게 단순하지 않다. 이상적인 부모상과 현실 부모상의 괴리에서 오는 내적 충돌이 있었을 테고, 부모의 그림자를 자식이 거둬들여 부모의 억압된 삶을 무의식적으로 실현하게 되는 그 절묘한 타이밍이 맞아떨어진 걸 수도 있다. 그럴 때가 되면 꼭 '사랑' 같은 것이 나타나 마법인지 저주인지, 원형적인 힘에 이끌리게 되는 그런 일이 벌어지니까. 삶은 그렇게 생의 주인공에게 드라마틱하게 공부를 시킨다.

소녀 명호는 집을 나와 동거를 시작했고, 찬란하고 짧은 행복을 누렸다. 엄마가 그리움과 자랑스러움이 묻어나는 목소리로 당신의 사랑? 이야기를 한 게 있다.

"연애할 때는 야~ 나는 사이다도 내 입으로 안 마셨어."

"아 뭐야~ 진짜~ 그래서 그케 좋았어? 하하하!"

엄마와 나는 종종 찐한 이야기도 잘 했는데, 그날도 배꼽을 잡고 웃었다. 그때 엄마 웃음은 예뻤다.

명호 씨 결혼사진에서 나를 발견했다. 내가 고등학생 때다. 신랑 신부가 나란히 서 있고 그 옆으로 나 같이 생긴 대여섯 살 돼 보이는 아이가 있다. 내 눈으로 보면서도 정말 나 맞나 했다. 사진을 보여주며 엄마에게 "얘 나 맞지? 내가 어떻게 여기 있어?" 엄마는 "아구 들켰네" 하면서 겸연쩍게 웃었다.

엄마는 스물 여덟 살, 아버지는 서른한 살 정도인 거 같다. 지금 이 글을 쓰면서 사진을 떠올려보니 젊고 아름다운 존재들로 그려진다. 동시에 죽은 엄마, 노인이 된 아버지도 떠오른다. '그때 거기'에 저런 모습으로 존재했던 사람들이 '지금 여기'에는 죽고 없거나, 노인이 되어 있다. 각자 자기 역사 안에서 맡은 역할을 다하며 살아낸 존재로 보이니, 아름답게도 느껴지나 보다.

사진 속에 신랑 신부는 같이 살면서 많이 싸웠고, 사네 마네 했고, 너를 사랑한다고도, 너 때문에 못 살겠다고 했다. 그러다가 결국 내가 고등학생 때 명호 씨는 이혼을 선택했다.

아버지의 빚이 해결이 안 돼 까딱하면 엄마 혼자 힘으로 마련한 '자가' 반지하 집이 넘어갈 판이었다. 엄마는 돈, 그러니까 생존이 걸린 문제 앞에서 냉정하고 더 강해졌다. 그렇게 내가 이혼하라고 할 때는 "니네 결혼할 때 손잡고 들어갈 아비는 있어야 할 거 아니냐"라며 뭉그적거리더니

경은의 마더

말이다.

명호 씨 남편은 노가다다. 조적공이라는 벽돌기술자라 품값이 셌다. 그런데도 명호 씨네 살림은 늘 쪼들렸다. 그때 "벽돌쟁이 오야지 중에 집 없는 인간은 니 애비 뿐"이라는 얘기를 듣기도 했다. 아버지는 윗선에서 받을 돈은 잘 못 받아오고, 자기가 데리고 있는 사람들한테 줄 돈은 알아서 잘 줬다. 남에게 돈도 잘 꿔주고, 한턱내기도 잘했던 거 같고, 술도 좋아하고 여자도 좋아했나 보다.

한두 번 아버지가 화투 쳐서 돈 따왔다고 용돈을 줬던 기억이 있는데, 도박중독까지는 아니었던 거 같다. 명호 씨는 경제적으로 무능하고 가정적이지도 않은 남편을 믿고 있을 수만은 없었다. 도배 기술자였던 친구를 따라다니며 '데모도기능공을 돕는 보조'를 하는 것으로 엄마의 가장 되기가 시작되었다.

엄마와 아버지의 인연은 질기고 묘하다. 이혼 후 아버지가 새 여자와 사는 걸 알면서도 엄마는 조강지처 노릇을 했고, 아버지도 그러려니 하는 것 같았다. 오히려 결혼생활을 할 때보다 돈도 더 자주 줬을 거다.

아버지의 새 여자라는 단어를 쓰면서 떠오르는 이미지

가 있다. 내가 예닐곱 살쯤 되었을까, 그보다 어렸을까. 배가 불룩 나온 여자가 우리 집 단칸방에 드러누워 있었다. 그 여자는 "내가 아들만 낳으면 경은이 아버지가 나랑 산다"라고 했다. 이 말은 엄마한테 하도 들어서 외고 있는 문장이다. 엄마는 자존심이 상했을 텐데, 그렇게 싫어하는 할머니에게 도움을 청했다. 할머니가 돈을 줬고, 엄마는 여자를 데리고 아이를 지우러 같이 갔다. 수술 후 몸조리도 해주고, 돈도 쥐어 보냈단다.

엄마가 병에 걸리고 나서 아버지는 예전에 같이 살 때보다 더 자주 엄마를 보러 왔다. 엄마 다리도 주물러 주고, 병원비도 간간이 대주고, 소고기도 자주 사줬다. 명호 씨에게 그동안 미안했다고 회개도 한 모양이다. 내게도 엄마 보살피느라 고생한다고 용돈도 주고, 대학원 한 학기 등록금도 내줬다. 엄마와 나, 동생 우리 세 모녀는 변한 한민식가명 씨를 대견해했다.

엄마가 떠나기 하루 전, 의사가 이제 임종실로 옮길 테니 준비를 하라고 했다. 아버지와 외삼촌은 엄마가 미리 일러둔 납골당에 가서 계약을 하고 왔다. 납골 항아리 두 개가 들어가는 부부 칸으로 했다는 소리를 듣고 어이없는 웃음이 나왔다. "아구, 아버지, 엄마 살아 있을 때 잘 하시지, 죽고 나서

경은의 마더

같이 붙어 있을라고? 잘 하셨어. 내가 두 분 잘 모셔줄게" 했다. 말주변도 없는 그 양반은 그때도 별말이 없었다. 놀려주고 싶은 마음이 들어서 짓궂게 한마디 다시 던졌다.

"아빠, 죽어서도 엄마랑 진짜 같이 있고 싶어? 정말?"

내 눈도 쳐다보지 못하고 슬쩍 엉덩이를 빼고 일어나며 기어들어가는 목소리로 "응" 한마디 했다. 그러더니 뒤를 돌아 두어 걸음 가 창밖을 내다봤다. 짠했다.

그래요. 다 괜찮소. 이러면 어떻고 저러면 어쩌겠소. 당신네 인생, 그리고 내 인생에서 일어날 일이 무엇인지, 누가 알았겠소.

하얀 밥

내가 너댓 살쯤 되었다나? 그럼 엄마는 스물대여섯 때쯤이겠다. 어느 날 밥상머리에서 내가 하얀 밥이 먹고 싶다며 울상을 지었단다. 엄마가 이 장면을 회상할 때면 울먹이거나, 잠시 눈을 내리깔거나, 기분이 좋은 날이면 그것도 추억이라며 귀엽게 웃기도 했다. 엄마의 모든 표정은 어린것에게 멀건 수제비를 많이 먹인 것에 대한 미안한 몸짓이었다.

내가 중학생 즈음부터 엄마는 평일이든 주말이든 7시 전에 무조건 아침밥을 먹어야 하는 법을 만들었다. 애들 밥 먹이고 평일에는 출근해야 하고, 주말에는 산에 가거나 마라톤을 뛰러 가야 하기 때문이다. 엄마가 딸내미들을 깨울 때는 세 단계로 변신한다. 처음에는 전화 받을 때 내는 목소리로 부른다. "경은아~", 일단 대답해야 한다. "네~" 그런데 내가 벌떡 안 일어나면 변신 2단계. "한경으은~~" 하고 톤이 올라가고 힘이 실린다. 나는 또 "알았어요" 대답만 한다. 변신 3단계. "이 쌍노무 가시나, 징그러 죽겠네. 일어나서 밥만 처먹는다고 해봐! 아주~엉~~~?" 하고 아빠하고 싸울 때 내는 목소리가 나온다. 그러면 나는 용수철처럼 순식간에 뿅 튕겨 일어난다. 진짜 못 일어나겠을 땐 이때까지 일부러 버티기도 했다.

아침밥으로 삼겹살, 삼계탕, 닭볶음탕 같은 게 차려진다. 그냥 엄마 마음이다. 고기를 못 먹는 내게는 감자볶음이나 시금치나물, 오이지 같은 걸 내준다.

내가 수제비 대신 하얀 밥을 먹고 싶다고 할 즈음에 엄마는 한두 살이었던 동생을 업고 '파출부' 일을 다닐 때다. 우리 동네에 해태 아이스크림 총판장이 있었고, 엄마는 거기

사장네 집에 일을 다녔다. 엄마가 와서 "밥 먹자~" 할 때까지 나는 주인집 손녀딸인 민숙이 언니와 놀고 있으면 되었다. 그 시절 엄마는 종종 수돗물로 배를 채우며 서러움과 독기로 이를 악물고 살았다고 했다. 엄마는 진짜 이를 악무는 게 습관이었다. 화를 낼 때도, 몸이 아플 때도, 걱정스러울 때도, 슬플 때도….

주인 집에서 쌀 한 됫박씩을 꿔다 먹기도 했다던 그때, 서른도 안 된 젊은 엄마의 심정은 어땠을까. 엄마가 봉제 공장에 다니기 시작하면서 꼬박꼬박 돈을 모을 수 있게 되자, 우리는 꼬박꼬박 아침밥을 먹게 된 것이다. 엄마는 설움을 반죽해 수제비를 뜨고, 희망을 담궈 쌀을 불렸을 거다. 제비 새끼처럼 받아먹은 나는 다른 사람에게 밥을 해줄 수 있는 사람이 되었다. 이렇게 지지배배 떠들 수도 있게 되었다.

그릇에 밥을 잔뜩 퍼 담으면 꼭 무덤 같아 보일 때가 있다. 죽을힘을 다해 살아내는 사람들의 힘은 그 무덤 같은 밥에서 나오는 것 같다. 무덤 같은 밥을 먹기 위해, 누군가를 먹이기 위해 변변찮은 '오늘'을 살아냈을 것이다. 내 엄마도, 그 시절의 다른 많은 사람도, 지금 어느 곳에 또 다른 사람들도.

명호 씨와 나의 무서운 이야기 하나, 빨랫줄

내 삶에 커다란 영향을 끼친 무서운 장면이 몇 가지 있다. 그 장면에 등장하는 엄마 이야기를 하려 한다. 나도 무서웠고 엄마도 무서웠을 이야기, 그리고 나 자신과 엄마에 대해 오해를 풀 수 있게 된 이야기이기도 하다. 오해를 풀 수 있었던 건 전적으로 글쓰기 덕분이었다.

나 자신에 대한 오해라는 것은 나는 늘 혼자라는 느낌이 마음 깊숙이 깔려 있는데, 이 느낌이 꼭 불안정했던 양육 환경의 탓만은 아니라는 점이다. 어느 정도 천성적인 기질의 영향이 있다는 것을 너무 늦게 알았다. 둘째, 내 생각에 엄마는 내가 당신 마음에 들 때만 인정했다고 생각했는데, 이 역시 엄마를 향해 오해한 면이 있다. 내가 대학에 떨어졌는데 엄마가 주변에는 대학에 붙었다고 거짓말을 했을 때나, 엄마 친구가 곧 우리 집에 들르겠다고 전화가 왔는데 당황스러워하며 나더러 화장실에 들어가 있으라고 했을 때나 이혼해서 집에 와 있는 내가 부끄러워서, 내가 아이를 제 아빠에게 두고 이혼할 때 "새끼 버린 년이 어떻게 잘 사냐"라며 비난조로 말했을 때….

상처로 남아 있는 주요 장면들이다. 나는 무조건 내 편을 들어주지 않는 엄마가 야속했고 미웠다. 그땐 그랬다. 엄마 기준에 잘못 살고 있는 것 같은 딸을 보는 게 자신을 보는 것 같았을 테고, 엄마가 내게 비춘 마음과 뱉은 말은 당신 자신을 향한 거라는 것도 일찍 알지 못했다.

네 식구가 처음이자 마지막으로 산에 갔던 이야기. 그날은 어린 여자아이 둘, 젊은 부부가 비릿한 냄새로 범벅이 된 거리를 걷고 있었다. 양쪽 길 가장자리에는 붉은 다라이들이 툭툭 놓여 있었고, 그 앞엔 늙고 초라해 보이는 아줌마와 할머니들이 쪼그리고 앉아 물고기를 팔고 있었다.

지금 생각하면 서해 어디쯤의 항구가 아닐까 싶다. 아버지가 그 지역에서 일을 오래 했다던 기억이 있다. 맑은 날이었다. 바다가 보였고 햇살이 따뜻해서 한참 걷다 보니 목이 말랐던 느낌도 남아 있다.

네 식구는 말없이 걸었다. 아이들은 영문도 모른 채 그냥 따라 걸었다. 걷고 또 걷다 어떤 산 입구에 다다르기 전, 아버지는 철물점에 들렀다. 올가미처럼 동그랗게 말린 주홍색 나일론 빨랫줄을 들고 나왔다.

산속으로 들어가는 길에 어떤 집과 우물이 있었다. 우물에서 물을 좀 먹으려는데 근처에서 사납게 짖어대는 개소리가 들렸다. 그때부터 두렵기 시작했던 것 같다. 개가 내 눈앞에 보이지 않으니 상상하기 더 좋았다. 날카롭고 허연 송곳니를 드러내 산이 울리도록 짖어대는 모습, 보이지 않기 때문에 더 뜨거운 입김을 내뿜는 개로 상상할 수 있었다. 어쩌면 이때부터였을지 모른다. 냉장고 돌아가는 소리, 어디서 들려오는지 모르는 아주 작은 소리, 방바닥이나 벽 너머에서 들리는 뭔가 거슬리는 소리들에 신경이 곤두서게 됐다. 보이지 않는데 들리는 온갖 소리들이 거북하고 무서웠다.

네 사람은 계속 산속으로 들어갔다. 그렇게 큰 산은 아니었던 것 같다. 꼭대기에 올랐고, 아버지는 주홍색 나일론 빨래줄을 들고 불그스레한 해 쪽으로 걸어갔다. 세상이 조용했다. 음소거가 된 것 같았다. 적막 속으로 천천히 걸어 들어가는 어른 남자의 뒷모습을 보았다.

그때도 알고 있었다. 그 주홍색 빨래줄은 자살이나 타살의 도구란 걸. 여자 셋은 서로 바짝 붙어 있었다. 낄낄거리고 웃던 장면이 스친다. 엄마가 웃긴 소리를 한 것 같다. 그리고 또렷이 기억나는 목소리.

"미친놈, 지랄하고 자빠졌네."

스물 후반의 젊은 여자가 새끼를 끼고 딱 버티고 앉아 찰지고 당차게 뱉어내는 욕지거리. 엄마가 용감해 보였다. 그런

경은의 마더

데 지금은 다른 게 보인다. 그 단호한 외마디를 뚫고 차마 삐져나오지 못했을 엄마의 두려움. 그리고 타인은 이해할 수 없는 또 다른 감정도 있었으리라.

동생에게 물었다. 혹시나 했는데 나와 거의 비슷하게 기억하고 있었다. 그런데 기억의 마지막 장면이 달랐다. 내 기억의 마지막 장면은 엄마의 소리였다면, 동생은 아버지의 몸짓이었다. 큰 나무 기둥에 기대앉아 고개를 숙이고 담배를 피는 모습이란다. 동생이 그런 기억을 가지고 있다니 놀랐고, 그런 기억을 가지고 있어서 안타까웠다.

그때 아버지의 속내가 무엇이었는지 여전히 알 수 없다. 진짜 죽이려고 했는지, 죽으려고 했는지, 죽고 싶었던 건지, 죽고 싶을 만큼 괴롭다는 것을 표현하고 싶었던 건지… 모른다. 살아 있는 아버지에게 물어볼 수도 있다. 그런데 묻고 지나가도 될 것 같다. 아버지가 불쌍해서도, 내가 불편해서도, 이제 와서 무슨 소용이랴 하는 마음도 아니다. 세상엔 몰라도 되는 일도 있더라는 것을 알게 됐을 뿐이다. 혹시, 진실을 알게 되는 것에 대한 두려움을 마주하고 싶지 않은 합리화일까….

곰곰이 다시 생각해본다. 역시 아닌 것 같다. 아버지는 알고 있을 것이다. 그 자신만 알고 있어도 될 일이다 싶다.

꽃 파는 모녀

입학식, 졸업식, 어버이날, 현충일은 꽃장수들의 대목이다. 엄마는 이런 날이 되면 꽃을 팔러 다녔다. 새벽 서너 시가 되면 전날에 도매시장에서 미리 떼다 놓은 꽃을 포장하기 시작한다. 나도 일어나 돕는다.

엄마는 솜씨가 별로여서 내가 만든 게 더 나았다. 그때는 프리지아나 카네이션을 안개랑 조물조물 엮으면 그만이었다. 연분홍, 연보라 포장지와 투명 비닐을 겹쳐서 있는 솜씨, 없는 솜씨 내어 꽃다발을 한 이십여 개쯤 만든다. 포장한 건 30인치 티비 박스 만한 상자에 넣고, 남은 꽃은 물이 담긴 양철 양동이에 꽂아둔다. 이건 현장에서 즉석 포장해서 팔 거다. 박스와 양동이를 캐리어에 싣고 출발하면 된다.

5학년 때다. 엄마는 우리 학교 졸업식에 꽃을 팔러 가도 되겠냐고 물었다. 그때 우리 학교는 서울에서도 손꼽히는 큰 국립학교였기 때문에 같은 날인 다른 학교 졸업식에 가는 것보다 훨씬 이득이었을 거다. 그리고 집에서도 가까우니까 덜 고생스러울 거고.

엄마는 내 친구들이나 선생님들이 보면 창피할까 봐 걱정했던 거겠지만, 나는 괜찮았다. 나는 친구들과 잘 어울리

경은의 마더

는 쾌활하고 적극적인 학생이었고, 선생님들에게도 이쁨을 많이 받았다. 그러니까 내가 꽃을 팔면 더 잘 팔릴 거라고 생각했다. 동네 사람들이나 친구들의 가족을 만나면 팔짝 뛰어가 우리 엄마 꽃을 사라고 꼬드겼다. 헤헤 웃으면서.

현충일이었다. 우리 집은 상도동이라 현충원까지는 그리 먼 거리는 아니다. 그래도 꽃 달구지를 끌고 걸어가긴 힘들다. 장사하러 가면서 택시 타기는 처음이었다. 현충원은 동네 학교 졸업식과는 비교가 안 될 정도로 경쟁이 치열하다. 전국 날품팔이 꽃장수들이 다 모였는지 조문객 반 꽃 장수가 반이다. 게다가 꽃은 뭐 그리 화려하고, 포장은 어찌나 고급스러워 보이던지, 기가 죽었다. 엄마도 걱정스러운 표정이었다. 나는 힘을 내어 팔을 걷어붙였다. 그리고 양손에 하나씩 꽃다발을 들고 종종 걸어다니면서 방긋방긋 미소로 호객을 했다.

"꽃 사세요~ 꽃 사세요~."

중학생 계집애의 활짝 웃음에 사람들이 홀딱 홀딱 잘 넘어와주었다. 내가 꽃으로 아니, 나로 유인해 엄마가 앉아 있는 자리까지 손님들을 데려가면 엄마는 계산을 했다. 꽃이 잘 팔리니까 신이 났다. 우리는 그날 가져간 꽃을 다 팔고 금의환향하듯 다시 택시를 탔다. 으쓱으쓱했다.

종군기자 같았던 함명호 씨

1989년 여름, 외갓집 식구들과 남양주 대성리 계곡으로 물놀이를 갔다. 텐트 안은 찜질방 같았고 딱히 할 일도 없는 우리는 귀찮은 심부름과 더위를 피해 물싸움을 하기로 했다. 나, 내 동생, 동갑내기 당숙 아저씨가 한편을 먹고, 삼촌은 혼자다.

삼촌이 아무리 삼십 대의 건장한 대장부라 해도 한 덩치들 하는 십 대 셋이 덤비는 싸움에서는 졸릴 만도 하다. 승부욕이 오른 삼촌은 어느 순간 바가지를 손에 들고 있었다. 파란색 플라스틱 바가지 덕분에 전세는 삼촌 쪽으로 기울었다.

장난꾸러기 삼촌은 신이 나서 바가지 물폭탄을 때려 붓기 시작했다. 우리는 지거나 말거나, 물을 먹거나 말거나 재밌어 죽는다. 그때 뻑 하는 소리가 들렸다. 소리와 함께 분명 뭔가 입 주변을 스치고 간 느낌이 들었지만, 물길질에 미쳐 있어 그런가 보다 했다. 근데 갑자기 삼촌이 바가지를 집어 던지고 오묘한 표정으로 다가온다. 요샛말로 웃픈 표정이랄까.

"너 이빨 부러졌다."

"웃기지 마!"

"진짜야, 인마."

아까 그 뻑 소리가 기억났다. 얼른 혀를 앞니에 갖다 댔다. 진짜다. 이빨의 일부가 사라졌다. 손으로도 만져봤다. 피가 묻어 나왔다. 비명과 울음이 터져 나왔다. 엄마에게 뛰어갔다. 점심 준비를 하던 이모와 외숙모도 달려왔다. 다들 놀랐고, 동시에 웃었다. 놀란 가슴을 쓸어내리느라 어이없는 웃음을 지은 건지, 앞니 부러진 여자애가 진짜 웃겨 보였는지 모르겠지만, 누구도 정색을 하거나 화를 내는 사람은 없었다.

아, 그 뻑 소리는 차돌멩이가 활짝 웃고 있는 내 윗입술을 스쳐 앞니에 정확히 명중한 소리였다. 얕은 계곡에서 바가지로 물을 퍼 올릴 때 껴들어 간 것이다.

"야야~, 어여 카메라 좀 가져와 봐라. 얘 진짜 이빨이 부러졌다."

앞니가 부러져 엉엉 울고 있는 십 대 소녀를 두고, 이런 장면은 사진으로 남겨둬야 한다며 가족들이 단결한다. 후딱 카메라를 가지고 오라는 엄마의 지령에 텐트 안에 있던 카메라가 대령되었고, 엄마는 그 순간을 놓치지 않았다. 전장에서 총알을 뚫고 피흘리는 부상자에게 다가가 고통의 순간을 낚아채는 종군기자 같았다.

일단 내가 피 흘리며 우는 모습을 사진에 잘 담고 나서 엄마는 다음 임무를 수행했다.

"야, 이 미친놈아!"

천둥의 신 토르가 내려치는 망치질 같았던 엄청난 등짝 스매싱 딱 한 대. 애들 데리고 물싸움을 하던 우리 삼촌은 큰 조카 앞니를 깨 먹은 '미친놈'이 되어 누나한테 맞았다. 이번에는 마음 놓고 식구들이 한바탕 웃었다. 중학생이었던 나는 턱관절이 계속 자란다는 이유로 바로 이를 해넣을 수 없었고, 2~3년 동안 뺐다 꼈다 하는 틀니앞니용를 하고 다녀야 했다. 개고생이었다.

하지만 삼촌을 원망한 기억은 없다. 지금까지도 그때 일을 생각하면 시트콤 같은 상황이 재밌고, 오지게 쿨한 가족들이 정겹게 느껴진다. 우리 가족들 자랑을 좀 하자면, 예상치 못한 곤란한 일을 겪을 때, 상황이 점점 더 힘들어질 때도 대개 무던하게 받아들이고 서로 돕는다. 삼촌은 수년간 내치아 건강을 담당하며 성실히 '겜값'을 치렀다.

명호 씨와 나의 무서운 이야기 둘, 정신병

명호 씨는 내가 고집을 부릴 때 소 잡아먹은 귀신이라며 속 터져 했다. 소 잡아먹은 귀신이란 대꾸가 없어 답답한 사람을 두고 하는 말 같다. 나는 두들겨 맞아도 잘못했다고 하지 않았고 동생은 언제나 빠르게 바짝 엎드려 싹싹 빌었다.

"잘못했다고 해!"

엄마도 지쳐 소리친다. 그러면 나는 속으로 '때리시오, 당신 딸이 죽지, 내가 죽소' 이런 심보가 있었다. 맞은 도구도 다양하다. 효자손, 파리채, 빗자루, 산에서 나뭇가지를 꺾어와 만든 명호표 핸드메이드 회초리, 제일 압권은 연탄집게, 이건 내려치기용이 아니라 찌르기용이었다.

내 삐딱함은 중학생 때가 최고조였다. 우울, 반항, 적대감이라는 청소년기의 특징을 온몸으로 드러냈던 시절이었다. 엄마 입장에서는 '맞을 짓'이었을 것이다. 그리고 착하고 말 잘 듣고, 공부 잘하던 큰 애가 점점 이상해지니 근심이 컸을 거다.

전과목을 3번으로 찍어 엄마가 학교에 불려갔을 때 공부를 잘하던 애가 이상해져서, 도둑질했을 때, 술 먹고 담배 피웠을 때, '빠마'하고 노랗게 머리 물들였을 때, 귀 뚫었을 때, 퇴직당한 전교조 선생님들 구명운동 한다고 학교에서 데모를 일으켰을 때, 그래서 퇴학당할 뻔했을 때, 졸업식 날 내가 당연히 개근상을 받을 거라고 기대했는데 못 받았을 때 학교 간다고 하고 땡땡이, 말도 없이 외박했을 때…. 중학교 때부터 고등학교 때까지 있었던 일이다. 그리고 맞지 않았던, 그때 그 일이 일어났다.

고2, 귀신이 보이기 시작했다. 꼬맹이 적에 전설의 고향에서 봤던 그런 소복 입은 귀신도 한 명 있었고, 대개는 시커멓지만 뚜렷한 형체로 등장했다. 장독대에 앉아 있거나, 골목 입구에 서 있거나, 빨랫줄에 널려 있거나, 전깃줄에 걸려 있을 때도 있었다. 영혼들은 그렇게 불쑥불쑥 바로 앞에, 혹은 저만치에 나타나기 시작했다. 귀신뿐만 아니라 내가 머릿속에서 상상한 게 눈앞에 펼쳐지기도 했다. 주로 피와 훼손된 시체들이었다. 수돗물을 틀라치면 시뻘건 피가 쏟아질지도 모른다는 생각이 스친다. 꼭지를 돌리면 진짜 핏물이 쏟아졌다. 지금이니까 그때 사고과정을 순차적으로 짚을 수 있는 거고, 그 당시에는 생각과 현상, 어느 게 먼저인지 알 수 없을 정도로 거의 동시에 일어난 것이다.

야간자율학습을 마치고 집에 갈 때면 등이 다 젖는다. 컴컴한 산동네를 올라 집에 가는 길은 '귀신의 집'을 통과하는 것만 같았다. 캄캄하고 좁고 구불한 길, 한 걸음 한 걸음 천 길 낭떠러지를 걷는 것 같았다.

경은의 마더

더는 혼자 다닐 수 없었다. 태성이네 슈퍼 입구에 있던 하늘색 공중전화로 엄마를 부르고, 가게에 들어가서 엄마를 기다렸다. 나중에는 엄마가 학교 앞으로 와야 했고, 점점 집 밖에 나갈 수 없게 됐다. 병원에 가서 뇌 검사도 해보고, 교회에 가서 안수기도도 받았다. 병원에서는 이상 없다 하고, 목사는 내가 심약해서 마귀 사탄이 들었다고 했다. 뭔가가 머리를 뚫고 나올 것처럼 두통이 심했다. 진짜 내 머릿속에 끔찍한 것이 사는 것만 같았다. 나는 울며 벽에 머리를 쿵쿵 박아대기도 했다.

그 모습을 본 엄마는 흐느꼈고, "어떡하니, 어떡하니" 하며 내 등을 쓸어내렸다. 우리는 둘 다 너무 무서웠다. 이때는 부모님의 이혼이 기정사실화됐을 시기였다. 그렇게 열일곱 살의 내 정신은 분열됐고, 서른여덟 살 엄마의 가슴에는 못이 박혔다. 이 병증은 저절로 서서히 없어졌다.

무서운 이야기에 나오는 명호 씨는 내 유일하고도 든든한 보호자로 등장한다. 나는 내가 엄마 보호자로 살았다고 생각했는데, 착각이 심했다. 일면 내가 엄마의 정서적 보호자, 대리 배우자 역할을 한 것은 사실이다. 하지만 그렇게만 산 건 아니었다. 이때 엄마는 나에게 미쳤다고도, 정신 차리라고도, 남 부끄럽다고도 하지 않았다. 엄마가 필요한 순간에 옆에 있었고 같이 울었고 안아주었다.

이때의 사건을 내 책에서 다음과 같이 분석해 썼다.

심리전문가로서 그때의 나를 분석해보면 극도의 스트레스로 인한 단기 정신병적 장애였을 것으로 추측한다. 그 원인을 두 가지로 본다. 나는 미쳐서라도 부모를 붙잡고 싶었다는 것과 부모의 이혼이 내게 공포 그 자체였다는 점이다. 그때의 나는 부모의 이혼을 몹시 담담하고 당연하게 받아들였고, 또 그렇게 표현했다. 스스로도 정말 그런 줄 알았다. 진짜 무서웠다는 걸 알지 못했고 표현할 줄도 몰랐다. 그래서 무의식이 부모에게 버려지는 것 같은 진짜 공포의 실체를 알려주기 위하여 귀신이라는 가짜 공포의 대상을 이용한 것이라 해석한다.

덧붙여 보자면, 어릴 적부터 억압되온 버림받음의 공포와 수치심이 마침 심리적 지진이 일어난 청소년기에 폭발적으로 터져버린 사건일 것이다. 우리 마음이란 게 그렇다. 프로이트는 말했다.

"억압된 것은 반드시 돌아온다."

그때의 나는 무의식이 아예 의식을 침범해 버려서 신경

경은의 마더

증을 넘어 일시적인 정신증으로까지 나타난 것이다. 이렇게 해결되지 못한 마음의 응어리들은 무의식에 잠재해 있다가 의식자아이 그것들을 더는 감당할 수 없을 때면 여러 가지 장해를 일으켜 고통을 바로 보고 치유하라고 알려준다.

무의식에 버림받음의 공포가 각인됐을 몇 가지 사건이 있다. 거의 초등학교 저학년 때 일이다. 모두 사건의 배경이나 이유는 잘 생각나지 않는다. 단편적인 이미지들의 기억이다.

발가벗겨 쫓겨났을 때, "내가 없는 사이 니 아비가 너네를 맨홀에 버릴까 봐 걱정이 됐다"라는 말을 들었을 때, 엄마가 얼굴도 모르는 친고모네 집에다 나와 동생을 두고 오려 했던 일도 그렇다. 눈치 빠른 나는 잽싸게 동생 손을 잡고 그 집을 빠져나와 우리 집에 찾아갔다. 엄마한테 혼날까 봐 집에 바로 들어가지 못하고 집 아래 우리 집이 산동네 초입에 있어서 놀이터가 바로 내려다보였다. 놀이터 미끄럼틀 아래서 비를 피해 동생과 놀고 있었다. 엄마가 우리를 먼저 봤고, 기가 막혀 했고, 집에 잘 찾아온 걸 대견해했다. 내가 서른이 넘어 물어봤을 때 엄마는 며칠 있다 데리러 가려고 했단다.

이런 일들은 내가 수년간 심리치료를 받을 때 집중적으로 다뤘던 문제들이다. 그 일을 겪었던 나에게 해주고 싶은 말이 있다.

"정말 많이 힘들었지? 죽고 싶을 만큼 무서웠잖아. 잘 견뎌 냈어. 그리고 기억해. 그 분열조차 너를 지키기 위한 거였다 는 걸."

그리고 엄마에게도 하고 싶은 말이 있다.

"나는 엄마를 참 많이도 오해했어요. 미안해요. 그리고 함께 있어 줘서 정말 고마웠어요. 엄마는 늘 그렇게 내 곁에 있었 는데 이제 알았어요. 엄마의 싫은 점을 불평할 줄만 알았지, 엄마에게 배운 것도 많다는 걸 이제야 깨닫습니다."

검은 비닐봉지에 든 이천만 원

혼자 살고 있던 나는 엄마가 암진단을 받은 후 바로 엄마 집으로 들어갔다. 엄마는 남편이 없고, 막내는 호주에 살고 있으니, 내가 유일한 보호자다. 그때 나는 '보따리 강사' 일을 하며 대학원에 다니고 있었다. 병원에 내 살림살이를 가져다

놓고 출퇴근을 했다.

지독한 냄새가 나는 구토 봉지, 손가락으로 파내야 하는 변비 처리, 욕창과 반창고 알러지로 짓물러 터진 살, 고통의 증표들을 마주할 때마다 창자가 움츠러드는 것 같았다. 그런 와중에도 엄마는 자신의 생과 고통 앞에서 언제나 최선과 정성을 다하며 견뎌냈다. 80여 차례의 항암치료, 수십회 치렀던 응급실 행차, 가정 호스피스 기간, 호스피스 병동에서의 마지막 시간까지, 자신의 생을 지키고, 죽음을 받아들이는데 머뭇거린 적이 없다. 그랬던 엄마가 투병 3~4년 차엔가, 딱 한 번 무너지는 모습을 보였다.

항암치료를 마치고 보름 만에 퇴원해서 집에 온 날이었다. 짐을 정리하고 막 소파에 앉은 참이었다. 엄마가 다가와 내 발치에 앉았다. 엄마는 내 무릎에 얼굴을 묻더니 울음을 터트렸다. 죽는 게 무섭다고 했다. 당황스러웠다. 고통과 두려움에 떨며 흐느끼는 엄마를 보기 싫었다. '이렇게 울어야 하는 사람은 나 아냐?' 하는 생각이 들었다.

'엄마는 더 강해야 하는 거 아냐? 왜 나한테 이래?'

꿀꺽꿀꺽 이따위 외침을 삼키고, 머리를 젖혀 천장을 바라봤다. 내 눈물은 엄마 등으로 뚝뚝 떨어졌다. 엄마가 죽는다는 생각을 하면 눈앞이 깜깜해질 정도로 두려웠으나 동시에 이 고통이 이제는 끝났으면 하고도 바랐다. 명호 씨는 그 후로도 6~7년을 더 살아냈다.

엄마는 강남성모병원 호스피스 병동에서 돌아가셨다. 떠나기 며칠 전 힘이 좀 나 보인다 싶었는데 집에 꼭 다녀와야 겠다며 고집을 피웠다. 호스피스 병동에서는 살날이 며칠 안 남은 사람에게는 웬만해선 하고 싶은 걸 하게 해준다. 링거를 주렁주렁 달고 집으로 왔다. 호주에 살던 동생도 와 같이 있던 상황이었다. 집에 온 엄마는 참 좋아했다.

"아이고 좋다. 집이 최고다."

엄마는 안방 침대에 누워 있고, 동생과 나는 침대 옆에 앉아 엄마 팔다리를 쓰다듬으며 두런두런 옛날이야기를 했다. 바람피우고 때리고 엄마를 아프게 했던 한민식 씨가 사람 된 이야기도 하고, 그러니 오래 살고 볼 일이라며 깔깔 웃기도 했다.

엄마가 힘겹게 침대에서 내려와 바로 앞에 있던 서랍을 열더니 검정 비닐봉지를 꺼냈다. 거기엔 수십 장의 편지 봉투가 들어 있었다. 어떤 봉투는 두툼하고, 어떤 건 납작하고, 각양각색 예쁜 돈 봉투도 있었다. 다 돈 봉투였다.

봉투 머리 안쪽에는 날짜와 돈 준 사람, 돈의 명분이 적혀 있었다. 1999년 9월 19일 큰사위가 생일, 2015년 동광교회 구역식구 병문안, 2000년 작은딸이 추석. 이런 식이다. 가슴이 아려 죽는 줄 알았다.

"웬일이야, 웬일이야, 아니 이걸 왜 가지고 있어, 아이고, 엄마도 참…"

"니들이 고생해서 번 돈인데 어떻게 쓰냐."

그러다 '1993년 3월 말일 큰딸 첫 월급'을 본 순간 나는 울음이 터지고 말았다. 세 여자는 현금 이천만 원을 앞에 두고 꺼이꺼이 울었다.

명호 씨 십팔 번지는 "먹고 죽을 돈도 없다"이다. 그러니까 봉투에 있던 돈은 엄마에게 돈이 아니었던 거다. 호스피스 병동에서 당신의 마지막 숨이 얼마 남지 않았다는 걸 예감한 엄마가 집에 가고 싶었던 이유는 딸내미들과 그런 마지막 시간을 보내고 싶어서였나 보다. 직접 보여주고, 직접 주고 싶었나 보다. 돈뿐만 아니라 금붙이도 있고, 그리 값나가는 건 아니지만 수십만 원 정도 하는 팔찌, 목걸이도 있었다.

"너 뭐 가질래?" 하면서 하나씩 주고 싶었던 거다. 동생과 나는 일부러 더 신을 내서 "이건 내가 가질래, 이건 너한테 어울리겠다" 하며 한참을 놀았다. 엄마는 기분이 좋아 보였다. 엄마의 기운 없는 흐뭇한 웃음을 보며 명치끝이 저릿저릿했다.

"엄마, 정말 고생했어. 참 잘 사셨어, 우리 엄마 진짜 대단해, 자랑스러워."

나는 하나도 멋쩍어하지 않고 부드럽고 따뜻하게 말했다. 엄마는 눈물을 또르륵 흘리며 내 마음을 다 안다는 듯이 느릿느릿 고개를 끄덕였다.

엄마는 다음 날 다시 병원에 입원했고, 다시 며칠 후에 편안하고 존엄하게 떠났다. 스무 시간 정도 걸렸던 임종 과정 동안 두 딸이 불러주는 찬송가를 들으며, 형제자매들이 전하는 사랑과 감사의 메시지를 들으며, 이혼한 남편의 참회를 받으며 그렇게 갔다. 수의를 입은 엄마는 새색시처럼 예뻤다. 엄마 얼굴에 내 뺨을 갖다 대고 인사했다.

"다시 만나, 엄마."

이제 정말 엄마 없이,
이제 진짜 엄마랑 같이

엄마 이야기를 써놓고 보니 엄마의 '희망'이 보인다. 엄마는 강인한 사람이라는 인상이 바로 희망을 놓지 않았던 점 때문일지도 모르겠다. 죽지 않고 살아냈고, 살면서도 스스로를 고립시키지 않았고, 소중한 것들을 지켜낼 수 있었던 힘이 바로 희망이지 않았을까. 엄마에게 물어본다면 뭐라고 답할까.

"엄마, 인생을 살아낸 힘은 뭐였나요?"

엄마가 돼서 상상해본다. 그런데 모르겠다.

세상에는 답을 내릴 수 있는 문제도 있지만, 끝내 답을 얻지 못하는 문제도 있다. 그리고 나중에서야 알게 되는 것도 있다.

내가 심리상담을 받던 때, 한 상담자가 엄마더러 매력적인 사람인 것 같다고 했다. 나는 저항이 올라와 왜 그렇게 생각하냐고 따져 묻다시피 했다. 내 도발에 상담자가 뭐라고 했는지는 기억이 안 난다. 그런데 지금은 그분이 왜 그렇게 말했는지 이해가 된다. 엄마의 한쪽 면만 보고 있는 나를 직면시키기 위해서였을 거다.

이렇게 끝내 알 수 없거나, 혹은 그때그때 바로 알 수 없는 문제도 있다는 것을 받아들이는 건 세상일을 내가 다 통제할 수 없다는 것을 수용하는 일일 게다. 그래, 모를 수도 있다!

이렇게 생각하니 오히려 나는 계속해서 엄마를 알아가게 될 거란 생각이 든다. 왜냐하면 나에 대한 앎이 깊어질 테니까. 세상 모든 사람이 나니까. 나는 '나'로 잘 살아가기로 선택했으니까.

혜진의 마더

진주 반지를 낀 엄마

스토리

엄마를 몰라,
나를 몰라 깜짝 놀랐다

마흔세 살 혜진입니다. 뒤늦게 시작한 공부에서 이어진 여성단체 활동을 하면서 저의 인생을 변화시키고 있습니다. 지금 저의 가장 큰 관심사는 '여성'입니다. 저는 태어나 처음으로 제 인생을 온전히 사는 것처럼 기쁘고 행복합니다.

제 어린 시절, 매우 내성적인 성격에 가정환경은 불우했습니다. 그래서 지독한 환경 속에서 고통받는 사람들을 종종 책 속에서라도 만나게 되면 '어쩌면 내가 그 사람이 될 수도 있었어' 하고 생각하곤 합니다. 능력주의와 어떤 불평

등에는 민감하고 예민합니다. 누구는 태어났는데 꽃밭이고, 누구는 지옥일 테니까요.

우리 가족은 가난했습니다. 열심히 살았던 것 같기는 합니다. 그렇지만 계속해서 돈은 없었고 불행한 날은 많았습니다. 아빠는 엄마를 때렸고 물건을 때려 부수는 통에 없는 집 살림은 더 빈약해졌습니다. 때리는 건 나쁜 일이고 맞는 것은 선택할 수도 없는 일이었지만, 그때 저는 때리는 아빠뿐만 아니라 맞는 엄마도 미웠습니다. 솔직히 그때는 '엄마가 잘만 하면 안 맞을 수도 있지 않을까'라고 생각하기도 했습니다. 그리고 그런 가정에서 태어난 내가 운이 없는 탓이니 극복하기 위해 노력하기보다는 어쩔 수 없다고 생각한 것 같습니다.

"행복한 가정은 미리 누리는 천국이다."

이 말이 저에게는 늘 숙제이고, 목표였습니다. 글을 쓰면서 생각하기도 싫었던 과거를 마주하게 됩니다. 나보다 더 어렵고 힘든 사람이 얼마나 많은데 '우는 소리야' 싶어서 부끄럽기도 했지만, 그동안 하지 못했던 말들이 끝도 없이 나오는 저를 보고 놀랍니다. 하고 싶은 말이 참 많았구나.

그러면서 '그동안 엄마의 이야기를 들어본 적이 없구나!' 깨달았습니다. 내 인생의 시작부터 지금까지도 영향을 미치는 사람인 나의 엄마에 대해 너무 무지하다는 생각에 깜짝 놀랐습니다. 언니와 여동생과 함께 엄마의 이야기를 나누면서 엄마 때문에도 울고 언니와 여동생, 그리고 서를 생각하면서 여러 번 울었습니다.

엄마의 이야기를 처음으로 꺼내 봅니다. 그리고 진심으로 세상의 엄마들과 딸들이 행복하길 바랍니다.

혜진의 마더

"엄마, 그때 겨우 서른이었어?"

고독은 학교 숙제처럼 혼자 해결해야 하는 것이지만 슬픔
은 함께 견디는 거야. 그러니까 네가 슬플 때에는 반드시 네
곁에 있을게. 그리고 또 말했다. 평상시에는 엄마 자신의 인
생이 더 중요하지만 비상시에는 내가 가장 중요하다고, 평
상시에 우리는 각기 이기적으로 살 수밖에 없는데, 그건 비
상시가 닥치지 않았기 때문에 누릴 수 있는 개인의 권리이
고…(후략)

– 은희경, 《소년을 위로해줘》에서

이 문장을 오랫동안 붙들고 있었다. 이 문장으로 힘을 내
서 부모님을 이해하려고 했다. 부모님께 내가 중요하지 않았
던 것이 아니라 우리가 평상시였던 것일 뿐, 비상시라면 언제
든 힘이 되어줄 것이었다고.

부모. 특히 엄마는 나에게, 나는 엄마에게 어떤 존재였을
까. 청소년기 시절의 나는 도무지 엄마를 이해할 수가 없어
미워하면서도 동시에 많이 그리워했다. 어른이 되어서 만난
이 문장에서 나는 생각했다. 그래! 엄마 기준에서 비상시라
는 기준이 다만 높았던 거야. 그러나 완전히 이해하진 못했

다. 암만해도 내 어린 시절은 비상시가 더 많았던 것 같으니까. 서로 사랑하는 가족이 평범한 것이라면 우리 가족은 평범하지 않았고 나를 사랑해주는 사람은 없었다. 또한 엄마도 나처럼 어린 시절에 사랑받고 싶었지만 사랑받지 못했다. 나는 엄마의 어린 시절 이야기를 들으며 아이다울 수 없었던 자그만 여자아이를 생각했다.

나의 엄마. 김홍숙 씨는 내가 어릴 때 집을 나갔다. 다행인 것은 오래지 않아 다시 돌아왔다는 것이다.

가끔도 아니고 기억도 희미해 정확한 시기는 알 수 없지만 내가 초등학교에 다녔던 시절에도, 중학교 때에도 종종 집을 나갔고 때로는 길었고, 어느 때에는 짧았다. 그래서 나의 유년 시절은 엄마가 없거나 아빠가 없거나 혹은 두 분 다 없거나 그랬다. 옆에 없는 엄마가 너무나 미워서 모진 편지를 쓰기도 하고 보고 싶어서 밤새 엄마를 기다리기도 했다. 언제 돌아올지 모르는 상황에서 하염없이 기다리던 내가 생각난다. 무섭다가 슬펐다가 희망적이었다 다시 절망했다. 엄마 친구네 집까지 걸어가 그 앞의 공중전화로 "저기요, 우리 엄마 거기 있어요?" 없다는 말에 다시 돌아오는 그 길은 멀고 무서웠다.

나는 아빠를 많이 닮았다는 말을 자주 들었고 고모를 빼닮았다는 말도 종종 듣고 자랐다. 엄마랑은 정말 많이 다르긴 했다.

'나는 엄마처럼 안 살 거야!'

굳이 다짐하지 않아도 엄마처럼 살 것 같지는 않았다.

그랬던 나인데 아이들을 키우면서 내 모습에서 엄마와 닮은 점들을 발견한다. 나도 엄마처럼 아이들을 대할 때가 있었다. 다만 나는 그때의 엄마보다 자원이 많아 엄마처럼 살지 않는 것이 가능했을 뿐이라는 것을 깨달았다.

엄마는 좋은 엄마가 되고 싶었다. 물어보지 않았지만 이건 알겠다. 어렴풋이 엄마가 우리에게 관심을 쏟았던 시기가 기억난다. 엄마도 남부럽지 않은 가정을 꾸리고 싶었던 것 같다. 없는 형편에 큰딸인 언니를 밤새 줄을 서야 접수 가능한 유치원에 보냈고 초등학교에 보내고 나서는 자모회에도 나가 선생님 밥도 사드리고 그랬단다. 가정 형편이 괜찮았다면 치맛바람 날리는 엄마 밑에서 공부하느라 허덕였을지도 모르겠다.

이렇게 엄마는 좋은 엄마가 되고 싶었다. 그런데 좋은 엄마가 되는 법을 몰랐다. 엄마의 엄마는 어릴 때 일찍 집을 나갔고 다시 돌아오지 않았다. 엄마는 어떤 엄마가 좋은 엄마 인지 몰랐다. 아니, 엄마란 어떤 존재인지조차 알 수 없었을지도 모른다. 엄마의 아버지는 재혼했고, 혼자인 줄 알았던 엄마의 새어머니는 그녀와 똑 닮은 네 딸과 함께였다. 그중 한 명은 엄마와 동갑이었다.

새할머니는 결혼 전에 자식이 있다고 말하지 않았다. 새할머니는 할아버지를 속이고 결혼까지 무사히 했다고 안심했을지 모르겠지만 정작 당신도 속은 줄 몰랐다. 할아버지는 딸 넷을 데리고 할 만한 재혼처로 적당한 남자가 아니었다. 할아버지는 술을 마시고 날이 새도록 곁의 사람을 괴롭히는 주정뱅이였다. 어쩌다 보니 이름도 '김진상'이다

엄마는 큰딸이었고, 새로 온 새어머니가 주정뱅이 아버지 때문에 힘들어 도망이라도 갈까 봐 너무 걱정되어 전전긍긍 안절부절못했다.

"엄마, 내가 알아서 할게. 엄마는 들어가."

그때 엄마는 아홉 살이었다. 엄마는 새어머니가 생긴 것만으로도 좋았던 게 아닐까. 나는 성인이 될 때까지 할머니가 새할머니인 줄도 몰랐다. 왜 네 명의 이모만 유달리 할머니를 쏙 빼닮았는지 눈치채지 못했다. 원래 살가운 엄마가 아니니 아주 가끔 가는 엄마의 친정이 엄마도 어색했던 거

라는 걸 몰랐다.

엄마는 왜 우리에게 이야기하지 않았을까? 아니면 못 했던 걸까? 할아버지와 새할머니가 이혼했을 때에 비로소 우리는 사실을 알게 되었다. 가차 없이 할아버지와 헤어졌던 새할머니가 엄마에게는 또 얼마나 큰 아픔이었을지.

엄마가 우리에게 이런 말을 했다.

"너희들은 엄마가 살아 있는 것만으로 좋지 않아?"

다른 집 부모는 더 해주지 못해서 미안해한다는데 내 엄마는 어떻게 자식에게 엄마가 살아 있는 것만으로도 좋을 수 있냐고 물어볼 수 있지? 난 차라리 부모가 없었으면 좋겠다고 생각한 적도 있는데… 너무 뻔뻔하다고 생각한 적이 있었다. 생각해보니 엄마에게는 어리광을 피울 수 있는 엄마와 아빠가 없었던 거였다. 엄마는 다 큰 우리를 부러워했다. 엄마는 당신 자신과 다르게 사는 우리를 가끔은 질투했고, 어쩌면 가끔은 훼방을 놓고 싶어 하는 것 같았다.

엄마한테 못 받았던 사랑을 우리 세 자매는 아이들에게 주고 싶었고 어느 때에는 지나치게 과해서 우리 스스로를 괴롭히기도 했다. 우리 세 자매는 엄마가 있음에도 엄마보다 우리 셋 서로를 더 의지하며 그렇게 살았다. 우리 세 자매는 우리 엄마와 다르게 '평범한' 엄마의 역할을 잘 하고 있나 의심하고 이 정도면 잘 사는 거지 서로 안심시키며 엄마보다 우리 셋 서로를 더 의지하며 그렇게 살았다. 때로는 지치고 부족한 엄마인 내가 싫어지기도 했다. 가끔 만나는 엄마는 나의 엄마였을 때도 내 아이들의 할머니였을 때에도 종종 우리를 힘들게 했다.

나는 좋은 자식이 되고 싶었는데 왜 엄마는 좋은 엄마가 되려고 하지 않는지 늘 의문이었는데 아주 나중에야 엄마에게 따뜻한 엄마가 없었다는 것을 알게 되었다. 딸 넷을 데리고 재혼을 해야 했던 새할머니에게 미운 마음이 있는 건 아니지만 엄마에게 좋은 엄마가 되어주지는 못했다.

우리에게 직접 털어놓는 기회가 너무 늦게 왔고 우리 남매는 놀랐고, 슬펐다. 진작 알았더라면 엄마를 덜 미워할 수 있었을까? 그러진 못했을 것 같다. 그때 우리는 엄마를 이해하는 것보다 엄마의 사랑을 받는 것이 너무 필요했으니까. 시간이 조금 흐른 지금은 전부는 아니어도 많이 이해하게 되었고 엄마도 어쩐지 예전과는 달라졌다. 사실 엄마가 변했다기보다는 엄마의 상황이 변하면서 엄마의 모습도 달라졌던 것 같다. 자식 넷을 먹여 살리지 않아도 되고 엄마 혼자 벌어 사시니 여유가 생겼다.

"아프지만 않으면 여자 혼자 살면 돈이 모일 수밖에 없어."

자식들 앞에선 가끔 인색하기도 했는데 손녀들에게는 큰 금액의 용돈도 턱턱 주신다.

'없어서 못 줬구나.'

엄마가 좋은 엄마가 되고 싶지 않아서가 아니었다. 이기적이어서도 아니었다. 내가 이만큼 나이를 먹고 나서야 생각해보니 엄마가 자식 넷을 낳았을 때 스물일곱이었다. 참 어렸구나. 고단했겠다. 나는 내가 엄마보다 낫다고 생각했는데 내가 그 처지였다면 엄마만큼도 못 살았을 것 같다.

나는 요즘 변해버린 엄마에게 가스라이팅을 한다. 코로나로 일이 줄어 힘든 남동생의 카드값을 내준 엄마 하소연에 나는 이렇게 말한다.

"엄마, 다 해줘. 어릴 때 못 해준 거 해준다고 생각하고 다 해줘. 나는 내 딸이 OO남동생 같은 상황이면 다 해줄 거야. 다 해줘도 버릇 안 나빠져."

엄마가 한숨을 쉬면서도 알았다고 하면 나는 만족하며 전화를 끊는다. 알겠다고 해준 엄마가 눈물 나게 고맙다. 그때 그렇게 받고 싶었지만 못 받았던, 미루어둔 사랑을 지금

받는다. 무심했지만 우리를 버리지 않았고, 집을 나갔지만 다시 돌아왔다. 엄마는 준 것이 없어 미안하다고 한다. 대체로 우리에게 바라는 것도 없었고, 이렇게 어려운 상황에서 이만큼 자란 우리를 대견하게 생각한다. 너희들은 똑똑하고 야무지다며 빈말 안 하는 엄마가 칭찬 세례를 한다.

아직도 가족들이 모여 술이라도 한잔하는 날에는 "엄마는 우리한테 왜 그랬어?" 따지는 막내딸에게 그런 줄 몰랐다고, 미안하다고 엄마의 이야기를 이제야 한다.

내 자식을 보면서 '좋겠다'라는 생각을 했다. 엄마도 했던 말이구나 싶어 흠칫 놀란다. 남들이 들으면 웃긴다고 할지도 모르겠다. 다른 엄마들은 해주고 또 해주고도 해준 것이 없다고, 부족한 엄마라고 자책하는데 나는 그다지 진득하게 잘해주는 것도 없으면서 내 자식들을 보며 부러워한다. 그런데 그런 마음을 언니와 여동생도 자식 키우면서 똑같이 느낀다는 사실을 알았다. 우리도 우리 자식이고 싶다. 부럽다. 비 오는 날 데리러 가는 거, 준비물은 여유분까지 빠뜨리지 않고 챙기는 거, 하고 싶다는 공부 다 시켜주는 거, 좋은 곳에 데려가는 거. 그리고 우리끼리 위로한다.

이제는 덜 부럽다. 엄마가 엄마로 돌아와 주었기 때문

혜진의 마더

에, 그리고 아빠가 사과하셨기 때문에 우리도 이제 자매끼리 술 한잔하고 옛이야기가 나와도 그만 울 수 있을 것 같다. 아이를 키우면서 내가 갖지 못했던 것에만 집중한 나머지 아이들이 정말로 좋아하는 것도 잘 보지 못하고 무리하게 해오던 것들도 많이 내려놨다. 자식을 키울 때 중요한 것이 뭘 해주는 것이 아니라 해로운 것을 하지 말아야 한다고 한다. 부모 그늘이 너무 작아 부모에게 기대할 수 있는 것도 없고 자존감도 바닥이던 나였지만 나쁜 마음먹지 않고 잘 살아왔다고 생각할 때가 있었는데 그런 의미인 듯하다. 엄마는 안 해준 것, 못 해준 것도 많았는데 그 힘든 상황에서도 우리를 때리거나 욕은 하지 않았다. 비난받은 기억도 별로 없다. 그것만으로도 종종 감사했다.

닮지 말아야지 했지만 엄마와의 삶 속에서 배운 것이 많다. 내 인생은 내 것이라는 것. 우리는 부모에게서 일찍 독립했다. 스스로 살아내는 힘을 길렀다. 그리고 사람은 누구나 좋기도 나쁘기도 한 다양한 모습을 갖고 있다는 것을 안다. 엄마는 예전에도 지금도 경비아저씨께 잘하고 시장에서도 할머니들의 물건값은 깎지 않는다. 덤도 마다한다. 엄마가 부족하게 사서서일까 부족한 다른 사람의 마음도 잘 이해한다.

엄마는 엔간하면 다 "그럴 수도 있지"라고 말한다. 그 엔간함으로 우리를 그렇게 방임하고 넘나 스스로 위인했니 싶어 "그래도 그건 아니거든?"이라고 바득바득 우기기도 하지만 그런 엄마한테 내가 배운 것은, 살면서 어지간한 일은 '그래 그럴 수 있지' 하며 나 또한 이해하게 되었다는 것이다. 사랑이 넘치고 희생적인 엄마가 다른 이들의 엄마고 그런 평범한 엄마가 나한테 없다고 생각했던 때에는 내 엄마가 미웠고 그런 엄마를 닮은 나도 자주 미웠다. 그렇지만 엄마를 사랑하고 이해하게 되면서 때로는 엄마의 인간다움을 배우고 부족한 나도 덜 미워하고 조금씩 좋아하게 되었다. 그러면서 나와 같은 스스로를 부족하다 느끼고 괴로워하는 내 주변의 엄마들에게도 "우리 괜찮아" 위로의 말을 건넨다.

지독히 가부장적이었던 배우자에게 맞으면서 딸 셋, 아들 하나를 키우며 끼니 걱정을 해야 했던 순간에도 어떻게든 돌아와서 살아냈던 엄마한테 "엄마 고생 많았네, 우리 잘 키워줘서 고마워"라고 전한다.

혜진의 마더

엄마의 배우자

나는 솔직히 엄마의 사진을 별로 갖고 있지 않다. 2만 장의 사진 중에서 엄마의 사진은 십수 개쯤? 와, 너무한가. 그것도 엄마의 옛날 사진은 하나도 갖고 있지 않다. 엄마의 어렸을 때, 젊었을 때 사진을 보긴 봤는데 뭔가 흔히 상상하게 되는 장면인 '엄마 이쁘다. 이렇게 젊었어?' 하는 생각은 해본 적 없다. 오히려 내가 몸도 잘 가누지 못하는 나이였을 때 엄마는 좀 구질구질해 보였고 사진 속에서 똘망똘망 반짝이는 건 나였다.

엄마가 주인공인 다른 사진들에서도 엄마의 반짝이는 젊음, 아름다움 이런 건 잘 모르겠다. 뭔가 뚱해 보이는 표정이 엄마 트레이드마크인 것처럼 빈말로라도 엄마 이쁘다 할 수 없었다. 오히려 내가 초등학생 때 엄마의 모습이 더 젊은 시절의 엄마보다 예쁘다고 나는 기억한다.

이제 부양할 사람이 없는 엄마는 점점 세련돼진다. 어린 나이에 우리를 낳아 실제로도 젊지만 갈수록 온화한 얼굴에 세련됨이 묻어난다. 내 유년시절을 모르는 나의 지인들은 엄마 고상하게 생겼다고 인상이 너무 좋다고 한다. 나도 엄마의 겉모습에 우쭐하기도 했다. 집을 나간 엄마가 학교로 과자를 사서 찾아왔을 때 아이들이 이상하게 생각할까 봐 조마조마하면서도 오랜만에 보는 엄마가 오히려 나를 부끄러워하진 않을까 생각했다. 내가 아이들을 키우느라 고군분투하는 중에도 엄마는 곱게 차려입고 나를 보며 종종 "옷 좀 사 입어라, 머리는 그게 뭐냐"라고 하면 속으로 '나는 엄마와 다르게 엄마 노릇을 잘하느라 그러지'라고 생각했다. 여하튼 엄마는 내가 기억할 때부터 지금이 더 예쁘고 고상하고 아름답다. 엄마의 어린 시절 사진은 많지도 않지만, 거기에는 젊음만 있지 행복해 보이는 사진은 눈을 씻고 찾아봐도 잘 모르겠다.

결혼사진 속 엄마가 왜 나이보다 더 들어 보이는지 표정은 왜 그리 뚱한지 몰랐다. 날이 갈수록 예뻐지는 엄마 사진을 보면서 아쉽다. 편안하고 행복해 보이는 사진에서 '얻은 건 웃음인데 잃은 건 젊음인가, 그렇다면 너무 슬픈데…' 생각한다. 이제 나이 먹어 여기저기 안 아픈 곳이 없다면서도 엄마는 과거로는 돌아가고 싶지 않다고 했다. 이리저리 치이면서 진절머리 나게 살았더니 지금이 가장 행복하다고. 생각해보니 나도 그렇다. 절대 돌아가고 싶지 않아.

내 한 몸 어찌할 수 없어 부모에게 의존해야 했던 치사하

혜진의 마더

다고 느꼈던 그 시절로 절대 돌아가고 싶진 않다.

떨어져 살았던 기간들이 있어 엄마가 어떤 일을 하며 생계를 꾸리셨는지 전부는 알 수 없지만 주부로도 한참을 사셨고 국숫집, 피자가게, 보험일도 잠깐 하셨던 것 같고 그렇게 다양한 일들을 하셨다. 그 중에는 도박장도 있었다. 한 번도 입 밖으로 꺼내본 적 없고 나는 친구를 집에 데려온 적이 없어서 들통나지는 않았지만, 언니나 동생들은 난감했던 상황이 몇 번 있었던 것으로 안다.

집에 화투 치는 사람들이 오면 엄마가 밥해주고 화투도 치면서 그렇게 돈 벌어 생활했던 때가 있었다. 관리비를 못 내 단수가 되고 도시락을 못 싸고 그런 경험에 비하면 그런 걱정이라도 하지 않게 된 것이 한편 다행이라고 생각하면서도 엄마가 너무 부끄럽고 미웠다.

엄마를 미워하면서, 그 화투짝과 욕설이 난무하는 어른들을 경멸하면서도 그렇게 번 돈을 받아 학교에 다녀야 한다는 것이 너무 수치스러웠다. 욕하는 사람, 도박하는 사람이 치가 떨려 나는 세상 도도하게 교양 있는 사람처럼 욕은 입 밖에도 내지 않았다. 나를 보며 아무도 그런 상상할 수 없게 어둠의 세계와는 전혀 어울리지 않을 사람처럼 얼굴에 미소를 띠고 상냥하게 살았다.

수능 전날에도 우리 집에는 도박판이 벌어졌고, 어디 피해 있을 곳도 마땅치 않은 작은 집에서 그 소란을 고스란히 견디다 잠을 설치고 수능을 봤다. 수치스러우면서도 물이 잘 나오고 도시락을 싸주는 엄마가 있어 안도도 되는 그 양가 감정 속에서 나 자신이 경멸스러웠던 시절….

아이를 낳고 키우면서도 엄마를 온전히 이해할 수 없었다. 엄마가 사회에서 손가락질 받는 그러한 일을 하면서 우리가 먹고 살았던 그 순간을 잊지 못해 나는 기필코 부끄럽지 않은 엄마로 살리라 다짐했다.

엄마와 닮은 또 한 명의 여성이 있다. 엄마한테는 남편 같고 부모 같았던 엄마 여동생, 이모다. 어디를 가도 짝꿍처럼 항상 붙어 다니는 이모도 우리 아빠와 크게 다르지 않은 이모부와 살았다. 자매는 그렇게 비슷한 배우자를 만나 '없다' 치고 둘이 의지하며 그렇게 살았다.

이모는 엄마에게 배우자 같은 존재다. 이모의 대소사에 우리는 조카같이가 아니라 자식처럼 끼어들고 누구보다 진심으로 참여한다는 마음을 가진다. 부모 덕을 보고 자란 것 같지는 않은데 이모까지 챙기려면 억울하지 않을까 생각할지 모르지만, 엄마보다 젊고 건강한 이모가 있어 어쩌면 외롭지 않은 노후를 보낼 수 있겠다는 생각에 안심이 된다. 나는 '엄마와 이모는 서로 의지하며 잘 살았습니다'라고, 행복한 결말을 내 마음대로 쓴다. 이모가 반기지 않으면 어쩌지 흠칫한다.

비슷한 남편이었어도 이모는 엄마가 아니었고 엄마처럼 살지 않았다. 전적으로 내 기준이긴 하지만 이모는 엄마보다 책임감이 강했다. 이모부가 거의 집을 나가 있는 동안 이모는 한 어린이집에서 30년은 되지 않을까 싶게 오랫동안 묵묵하게 일해서 자식들을 먹이고 입히고 가르쳤다.

이모가 조리사로 일했던 그 어린이집은 그렇게 오래 다니고 싶을 만큼 좋은 직장은 아니었다. 깜짝 놀랄 정도로 박봉이었고 일도 힘들었다. 어린이집에서 혼자 수십 명의 밥을 챙기고 김장도 하고 아이들 행사를 치르는 고된 노동이었다. 당시에는 한가지 진득한 일을 갖지 못한 엄마와 왜 그리 비교되던지….

집을 나가는 법도 없었고 아이를 떨어뜨려 놓은 법도 없었던 이모라 우리 엄마랑 다르게 좋은 엄마라고 생각했다. 그럼에도 불구하고 고등학생 때 잠깐 이모네 집에 살았을 때는 왜 그리 집에 가고 싶던지 내성적인 내 성격에 이모한테 "집에 가고 싶어요"라는 말도 못 하고 가끔 집에 말없이 갔다가 잠긴 문 때문에 새벽까지 기다리다가 울면서 돌아갔던 기억만 있다.

그렇게 같은 듯 다른 두 명의 엄마, 남편 대신 의지해온 모습이 부부 같다는 생각이 들게 한다. 드라마에서나 본 것처럼 이모부가 정말 암에 걸려 돌아오셨을 때 새로 만난 여자분이 곁에 있는 꼴을 볼 수 없다고 엄마가 이모부 간병을 자처했을 때는 뭐랄까 엄마가 이렇게 희생적인 사람이었나 놀랐다. 그렇게 엄마에게 이모는 어렸을 때부터 부모 대신 의지하며 살아온 그냥 여동생이 아닌 거다.

이모부 옆에 꼭 붙어 언제 갑자기 찾아올지 모를 이모부의 여자를 막겠다는 것이 엄마의 진심이었다. 평생 남처럼 살았던 남편일지언정 이모가 더 상처받을까 봐 걱정되는 마음에 이 복잡한 상황을 그렇게 정리해버렸다. 이모부는 그렇게 아내의 언니에게 간병을 받으며 조금은 뉘우치면서 그렇게 떠나셨다. 이모는 그런 이모부를 잠깐은 용서하는 듯했다. 이모부가 돌아가시고 난 뒤 남게 된 빚을 알게 되기 전까진….

결국 이모는 이모부가 남긴 빚을 무너지는 마음을 다잡으며 자식들에게 해가 되지 않게 해결해 나갔다. 대학에 입학하자마자 아빠 손에 이끌려 이곳저곳을 다니며 알지도 못하는 서류에 사인하면서 졸업하기도 전에 빚을 졌던 그때가 다시 생각난다. 우리도 그렇게 보호받고 싶었는데.

이모부는 밖으로 나돌았지만, 시부모를 챙겨왔던 이모는 이제 좀 홀가분하게 벗어날 수 있으시려나. 어쩌면 그게 이모부의 마지막 배려였는지도.

엄마의 진주 반지

엄마에게 엄마의 물건이 많지 않았다는 것을 최근에야 알았다. 우리 아이들이 좋아하는 것이 무엇인지는 내가 단박에 세 가지쯤은 술술 이야기할 수 있는데 나의 엄마가 아끼고 소중하게 생각하는 것이 무엇인지 잘 모르겠다. 한참을 그렇게 생각하다 보니 현재 엄마 집에 있는 물건 중에 가장 좋은 것, 탐이 나는 두 가지 물건이 떠오른다.

첫 번째 의류 관리기이다. 엄마의 물건에서는 아무 냄새도 나지 않는다. 엄마는 엄마와 엄마의 공간에서 아무 냄새도 나지 않기를 원했다. 엄마는 냄새를 거의 맡지 못한다. 후천적인 후각 장애. 엄마가 종종 우리에게 음식을 내밀며

상한 건지 냄새를 맡아보라고 하고, 옷에서 어떤 나쁜 냄새라도 날까 유독 신경을 썼던 것도 이러한 냄새를 맡는 것에 어려움이 있었기 때문이었다는 것을 엄마의 나쁜 머리 사정과 마찬가지로 나중에야 알았다.

그래서 엄마가 너무 갖고 싶었던 의류 관리기를 환갑선물로 기꺼이 사드렸다. 집이라기보다는 방이라는 말이 어울리는 엄마의 작은 공간에서 가장 반짝이고 커다란 좋은 물건이다. 엄마 듣기 좋으라고 하는 말은 아니지만 정말로 엄마한테서는 거의 냄새가 없다. 그러기 위해서 엄마는 많은 애를 썼을 테지만.

엄마가 냄새를 잘 못 맡기 때문에 내가 불편한 점은 크게 없다. 그래서 나는 엄마의 어려움을 잘 몰랐지만, 굳이 생각해보자면 음식의 향을 맡거나 간을 잘 보지 못한다는 것 정도일 것이다. 그럼에도 나는 엄마가 어릴 때 해줬던 음식이 아주 맛있었던 걸로 기억한다. 엄마는 손맛이 좋았고 오이김치 하나, 깻잎 무침 하나, 김치 지짐… 비싸지도 않은 재료와 많지 않은 가짓수로도 밥 한 그릇을 뚝딱할 정도로 맛있는 반찬을 만들어냈다.

어느 날 막 무쳐낸 나물을 손으로 집어 먹은 내 행동을 참아준 엄마의 모습이 떠오른다. 이름도 잘 모르겠는 그 나물이 그때 너무나 맛있었다. 그래서 살면서 있었던 수많은 식사 중에 그 한 장면이 행복하지 않았던 다른 많은 식사 장면을 압도한다. 후각이 약했던 엄마는 다른 어떤 감각에 의존해 그렇게 맛있는 음식을 만들 수 있었을까? 물론 가끔 실수인지 유독 짠 반찬도 있었지만, 솜씨 좋은 엄마가 깜빡하고 간을 안 본 거라고만 생각했다. 나는 냄새는 아주 잘 맡지만 아직도 간은 잘 못 맞춘다는 점에서 더 그렇게 생각할 수밖에.

엄마가 부재 중일 때가 많았기 때문에 우리 네 남매는 일찍부터 밥을 하고 음식을 하는 데 익숙해서 사실 여느 집들처럼 절절히 엄마의 손맛이 그리웠던 건 아니었다. 임신 중 입덧을 심하게 할 때도 엄마 뭐 먹고 싶으니 해주라는 말은 해본 적 없다. 그래도 손만 갖다 대도 맛이 좋았던 엄마의 밥은 종종 생각나곤 했다.

어린 나이, 고된 시집살이에 시부모와 시동생들까지 밥 해먹이며 살림하던 시간에 질린 탓에 어느 순간부터 부엌을 멀리하던 엄마였기에 한동안은 엄마의 음식을 맛보기 힘들었다. 그러다 지금은 간병 일을 하시면서도 종종 짬을 내서 제철 채소들로 장 봐다가 우리가 잘 먹는 고구마순김치나 부추김치, 밑반찬 등을 해서 기쁘게 나누어준다. 엄마의 엄마 노릇은 이세아 다시 진행되는 중이다.

두 번째는 진주 반지다. 엄마가 아끼는 물건 중의 하나일 것으로 예상되는 흰색 진주 반지는 내 결혼식 예물을 맞추러 간 보석 가게에서 엄마가 본인을 위해 고른 반지다. 돈이 없던 나는 혼수도 뭣도 할 생각이 없었는데 그래도 하나는 해야 한다고 해서 따라나선 자리였다. 돈이 없어 살림을 거의 장만하지 않고 본래 있는 것을 쓴다고 하는 딸의 결혼 예물을 하러 간 곳에서 엄마가 본인을 위한 반지를 골랐을 땐 진심으로 당황스러웠다. 사실은 어쩌면 이렇게 생각이 없을까 얄밉기도 했다. 헤어져 살고 있는 아빠가 준비한 돈으로 나의 예물과 엄마의 반지를 사고 나오면서 마음이 착잡했다. 겉으로는 "그래. 예쁘다. 엄마 껴 봐" 했지만, 속마음은 차마 말 안 하련다. 엄마는 그 반지를 좋아했고 자주 끼고 있었던 것 같다.

엄마는 어떤 마음이었을까? 새삼스레 그날을 다시 생각하다 보니 그때 아빠가 순순히 반지값을 낸 것도 같다. 엄마와 아빠는 오랫동안 별거를 했고 남처럼 살고 있었는데 딸의

혜진의 마더

결혼식에서 부모 문제로 책잡히지 말라고 그즈음 종종 만났던 거였다. 가전 하나 제대로 사가지 못하는 딸의 예물을 사러 나간 자리에서 반지를 고른 엄마는 어떤 마음이었을까, 엄마의 결혼식을 떠올려본다.

딸 넷을 데리고 오신 새할머니는 더 어려운 사정이었는지 딸들을 학교에 제대로 보내지 못하셨다. 할아버지가 국가유공자라 학비가 무료였음에도 새할머니의 친딸이 학교를 못 나와 엄마도 중학교 졸업에 그치고 말았고, 오빠들은 사고나 치고 다니고, 성실하고 착했던 남동생은 새어머니의 구박에 안쓰러웠을 매일, 엄마의 몸과 마음도 고단했을 거였다.

그렇게 엄마는 중학교만 졸업하고 집을 나왔다. 내가 초등학교에 다니기 시작하면서 가정환경조사서에 엄마 학력란에 고졸이라고 써냈던 건 사문서위조였다. 도망치듯 큰 용기를 내어 집을 나온 엄마의 인생이 기대했던 만큼 달라졌더라면 얼마나 좋았을까. 그러나 엄마는 꼭 당신의 아버지 같은 남자를 만나 여전히 다르지 않은 고된 삶을 살게 됐던 것이었다.

그러던 중 새할머니의 친딸이 결혼식 날을 받아왔다. 새할머니도 그동안 얼마나 세상의 모진 눈총을 받으며 사셨을까. 식도 못 올리고 사는 우리 엄마도 결혼식을 시켜줘야 친딸이 아니라 차별한다는 그 따가운 시선에서 조금이라도 벗어날 수 있었겠지. 단 일주일 만에 엄마와 아빠는 그렇게 돈도 없이 눈물로 식을 올리게 되었고, 그래서 결혼사진 속 엄마는 조금 삐진 듯 그런 모양새였다.

엄마는 엄마 나름으로 이 모진 세상을 살아오면서 포기할 건 포기하고 그렇게 살았다. 그러던 중 진주 반지가 그렇게 눈에 들어왔던 거였겠지. 술주정뱅이 아버지에게서 도망쳐 나온 길이 다시 철없는 술주정뱅이를 만나는 길일 줄은 꿈에도 몰랐을 거다. 그렇게 가난한 시가에서 시어머니의 시집살이와 함께 어린 다섯 시동생, 막내 시누가 십 대였으니 도시락까지 줄줄이 싸가며 했던 뒷바라지에도 돌아오는 것 없이 힘들었던 삶을 엄마는 그냥 팔자려니 체념하고 살았다. 어린 시동생들이라고 썼지만, 엄마도 성인이 되기 전이었고 나이가 크게 차이 나지도 않았다. 시동생들이 한 명씩 한 명씩 예쁜 아가씨들 데리고 와 결혼식을 올린다고 했을 때 호화스러운 결혼식, 부부만을 위한 깨끗한 집은 엄마한테 얼

혜진의 마더

마나 로망이고 욕망이었을까. 시동생들 결혼식 때마다 한복 한 벌 못 얻어 입은 것이 그렇게 한이 되었던, 젊고 배웠다는 작은 엄마들과 왠지 잘 어울리지 못했던 엄마의 상심한 듯한 표정이 떠오른다.

세속적일 수 있는 것도 돈이 있어야 가능하다. 엄마는 그렇게 돈을 버는 어른이 되어서 기회가 있을 때마다 본인이 꿈꾸던 것을 하나씩 마련해 나갔다. 그 진주 반지도 그렇게 엄마를 위로했던 물건 중 하나였을 것 같다. 반지뿐 아니라 종종 이해하기 힘들었던 엄마의 소비들, 나 같으면 자식을 위해 쓸 거 같은데 왠지 엄마 체면과 엄마를 위한, 생각해 보면 많지도 않았던 소비지만 불편했던 것도 사실이다. 그렇지만 이제 알겠다. 엄마는 스스로 자기의 보호자가 되어서 스스로 위로도 하고 힘을 냈다. 그리고 엄마의 진주 반지값을 순순히 냈던 아빠의 마음도 알 것 같다.

"언니들은 엄마가 밉지도 않아? 엄마가 어떻게 그럴 수 있어?"

가끔 여동생의 투정과 의아함이 담긴 말을 들으면서도 나는, "아니야. 그럴 수 있어 엄마도" 하고 답한다.

엄마는 지금도 크게는 아니지만 소소하게 엄마로서 바랄

것을 바랐고, 우리는 최선이라고는 할 수 없지만 남들 보기가 부끄럽지 않을 만큼 아니, 때로는 남들 보기에 칭찬을 받을 만큼 부모를 대접한다. 그런데 어느 날은 불쑥 원망하고 비난하고 싶은 마음이 다시 나온다. 내가 받지 못한 사랑을 왜 엄마는 우리에게 달라고 하지? 그럼에도 한편 느끼는 바도 있다. 나도 내가 받고 싶은 사랑 엄마한테 달라고 할 것이 아니라 나에게 스스로 주면 되는 거라고. 엄마처럼 씩씩하게. 나의 어린 시절과 엄마의 어린 시절은 돌아가고 싶지 않다는 점에서 닮았다. 우리는 각자가 가진 몫으로 같기도, 다르기도 한 삶을 산다.

엄마는 나의 이런 마음을 아마 모를 것이다. 치사하다고 생각할지도 모르겠다. 이 이야기는 아직도 엄마와 웃으면서 할 수는 없을 것 같다. 그래도 엄마 잘했어. 그 당시엔 진심으로 어울린다고 말해주지 못해서 미안해. 그래도 잘했어.

여행女行

엄마와 여행. 나는 엄마에게 미리 이야기해둔다.

"엄마, 좀 걷기도 해야 하는데 엄마 좀 힘들 수도 있어. 괜

혜진의 마더

찮겠어?"

　엄마는 괜찮다고 말한다. 나는 애가 둘인데 엄마랑 함께하는 여행에서는 애가 셋, 넷인 듯 더 피곤하다. 출발 전에는 '이번은 다를 거야. 즐거운 여행이 될 수 있을 거야' 하지만 아직 일정도 남아 있는데 엄마는 벌써 배가 고프다. '아무거나' 드시지도 않는다. 물론 엄마는 인정하지 않는다. 아무거나 먹으면 된다고 한다.

　하지만 왠지 엄마도 좋아할 것 같고, 아이들 먹이기에도 적당한 무언가의 메뉴를 제시하면 벌써 탐탁지 않은 기색이다. 그럼, 처음부터 말을 하던가. 맨날 "난 고기 싫어" 하면서도 엄마는 소고기를 참 잘 드신다. 괜찮다고 해서 모시고 가면 "난 이런 거 무슨 맛으로 먹는지 모르겠다" 하실 때도 있다. 엄마는 딸과 손녀들이 함께하는 여행 중에도 가끔 손님처럼 앉아만 계시고 운전하랴 짐 챙기랴 바쁜 딸의 "엄마, 애 좀 잠깐 봐줘" 소리에도 자꾸 어린 손녀를 잊으신다.

　엄마를 믿고 있으면 안 된다. 몇 번의 당부에도 번번이 어린 애를 돌봄 중이라는 것을 잊고 막장 드라마에 빠져 계신다던가, 주무신다던가. 그렇게 하고 싶은 일만 하는 엄마이기에 이제 온전히 맡기지는 않는다. 아이 보랴, 엄마 맞춰 주랴, 이러다 보니 이번에도 결국 참 피곤한 여행이 되었다. 그래도 우리 몰래 가방에 담아 온 사탕, 초콜릿 등을 아직 맛도 못 본 어린아이들에게 건네줄 때면 귀엽기는 하다. 그러다가도 "엄마, 너무 쉽게 '사탕빚는 할머니' 하는 거 아냐?" 하고 한마디 하게 된다. 이런저런 생각을 하다가 보면 나도 나중에 다 자란 아이들과 여행도 가고 싶고 영화도 보고 싶은데, 애들도 나와 함께하는 여행이 귀찮으려나 슬그머니 걱정도 된다.

나는 아이들이 함께하고 싶은 엄마가 되고 싶다. 아니면 돈이라도 많이 벌어서 필요한 엄마가 되고 싶다. 엄마 또한 자식들에게 인정받고 싶은 마음이 있었겠지만, 마음 한편에는 아이들이 나를 사랑할까 하는 의심이 자리했다고 한다. "당연히 사랑하지"라고 나는 대답하지 못했다.

나도 다 자란 내 자식들한테 "당연히 사랑하지"라는 말을 들을 수 있을까? 자신도 없다. 다행인지 엄마는 최근에서야 여동생에게서 그 말을 들을 수 있었다. 엄마에 대해 묵은 감정을 가진 동생이 오랫동안 치열하고 지루했던 엄마와의 싸움 끝에 찾은 극적인 화해. 그 뒤에 여동생은 처음으로 엄마에게 그 말을 할 수 있었다.

혜진의 마더

엄마에게 기대하다 번번이 뜻대로 안 될 때면 "엄마는 대체 왜 그래? 다음에는 안 데리고 간다" 해놓고 문득 시어머니를 떠올린다.

아, 시어머니. 생각해보니 시집 식구들과 함께하는 여행은 처음부터 시부모를 고려해서 일정을 짠다. 피곤하지 않게, 좋아하는 음식으로. 내 아이를 봐달라고도 하지 않고 아이들을 위한 계획보다 시부모를 우선으로 한다. 이미 여행 계획에서부터 효도 관광 가이드 영혼을 장착하고 오기 때문에 예상 밖으로 벗어나는 일도 거의 없다. 엄마보다 더 연로한 분들이기도 하고 '나의 여행'이라기보다 효도 차원의 참여이기에 구태여 꽉꽉 많은 일정을 넣지도 않다 보니 돈은 더 들고 재미는 없을지라도 피곤함은 덜하다.

그에 반해 엄마에게는 아이 양육도 좀 더 나누길, 드는 돈에 비해 더 보람찬 가성비 있는 여행이 되길, 기왕에 간 거 우리 아이들에게도 도움이 되는 일정이길 바랐던 것 같다. 나는 왜 엄마에게는 시어머니에게 그러했던 것처럼 그런 자식이 되지 못했나.

나의 시어머니이하 어머님이라 칭함는 평범한 분이다. 좋은 분

인 건 맞는데 엄마로 인해 나는 어머님을 '이만하면 좋은 분'
이라는 비교적 객관적인 평가보다 '은인'처럼 생각했고 그 탓
에 평범한 어머님이 주는 상처들을 고스란히 받았다. 시집에
서 불합리하고 힘든 일들을 겪으면서도 내 엄마보다 자식들
한테 더 좋은 엄마라며 위안했고 이런 위안이 나를 병들게
했다.

　　나는 스물두 살에 처음 시부모를 뵈었고 스물여섯 살에
결혼했다. 어머님은 정말 나를 딸로 생각하시는 것 같았다.
잘해주니 정말 고마웠고 어떻게 나를 이렇게 예뻐해주지?
의아해하기도 하며 십 년 정도를 헌신했다. 형님과 손아래
시누에게는 온 거, 좋은 거, 나에게는 그냥 있는 거 챙겨주실
때도 그랬다. 손수 만든 묵을 형님한테는 따로 챙겨주시면서
나는 가족들이 덜어 먹다가 남은 것을 싸주셨다. 그 묵을 받
아 돌아가는 길에 눈물도 여러 번 났지만 내가 편해서, 진짜
딸 같아서 그런 거라고 스스로 위안했다.

　　좋은 시부모에, 착한 남편이었다. 잘하고 싶은 마음, 내
부모의 평범하지 않음이 독이 됐을까? 정도가 지나친 대우
가 있었을 때 우리 부모라면 더 했을걸, 이 정도면 양호하지
하는 마음이 불쑥불쑥 드니 불만을 가지면 안 될 것 같았다.

　　　　　　　　　　　　　　　　　혜진의 마더

시부모를 나쁘게 말하면 우리 부모를 더 나쁘다고 말하는 것 같아 한사코 '그럴 수도 있지'라고 생각하곤 했다.

남편 입에서 "너희 부모가 해준 게 뭐가 있어?" 이런 말이 나올까 봐 걱정했던 건 아닐까. 그때의 나는 나와 관련된 내 주변의 모든 부족한 몫을 혼자 다 해내리라 다짐 같은 걸 했다.

둘째 임신 중 갈비를 재워 네 살 큰아이 손을 잡고 버스를 세 번씩 갈아타고 가서 농사일을 도왔다. 지금 생각해보면 그게 뭔 자랑이라고 창피하기까지 하다. 그리고 나의 지나친 며느리 노릇은 사랑받고 싶은 마음, 잘 자랐다는 말을 듣고 싶은 마음. 실제로 십여 년간 우리 부모님은 연락이 닿기만 하면 시부모께 "혜진이는 어쩌면 이렇게 잘 자랐냐, 잘 키우셨다"라는 말을 들어오셨다. 그렇게 무리해가며 나는 결핍을 채우고 싶었던 것 같다.

엄마가 이런 내 심정을 알 거로 생각한 적은 없었는데 어느 날, 남편과 내가 시집 일로 자꾸 문제가 생기자, 엄마가 나를 불렀다. 평소에 자식들에게 잔소리 같은 건 하지 않던 엄마였는데, 그날 엄마는 나더러 그냥 시집도 친정도 다 인연 끊고 너희들끼리 잘 살라고 했다. 보태준 거 없어도 열심히 공부하던 똑똑한 내 딸을 사위가 손에 물도 안 묻히고 고생 안 시킨다고 일찍 데려가 놓고, 내가 친정 일로 시집에서 큰 소리 못 치고 할 말도 못 하며 빌빌 아는 것이 엄마도 미안하고 속상했구나, 처음으로 느꼈던 순간이었다.

어릴 적 봤던 엄마 아빠의 부부싸움은 여느 집의 가벼운 정도가 아닌 가정폭력이었다. 그때 엄마와 아빠가 화해하고 잘 살길 바라고 이혼 같은 건 절대 바라지 않았지만 나는 '남편이 때리면 당연히 이혼해야지' 생각했다.

큰아이 네 살 때 큰 싸움으로 남편의 폭행이 있었고 경찰서까지 갔지만 나도 그냥 참고 살 수밖에 없었다. 용서하는 조건으로 술을 끊었는데 그것마저도 술 좋아하는 아들이 먹고 싶은 술 한 잔 입에 못 대는 것이 안쓰러웠을까, 어머님의 "가족끼리 조금은 괜찮지 않냐"라는 말이 계속되다 보니 결국 그마저도 흐지부지 없던 일이 되었다.

그때 정말 남편도 어머님도 너무 미웠지만 결국 용서를 택했던 건 아빠 때문이었다. 그런 일이 있고 난 뒤 어느 날 아빠에게 '아빠 봐서 한 번만 용서하는 거야'라고 문자를 보냈는데 답장은 없으셨고 큰 상처가 되셨을 거라 짐작만 한다.

혜진의 마더

어느 날 엄마와 이모랑 함께 갔던 고창 여행이 생각난다. 이모가 있어서 엄마에게 덜 까칠하게 굴었고 두 분 사진도 열심히 찍어드렸다. 꽃밭에서 환하게 웃는 두 자매가 보기 좋았고 덕분에 정말 좋았다고 하는 고마움을 담은 말에 나도 흐뭇했다. 내가 사는 곳에서 그리 멀지 않았던 곳, 밥도 아닌 차 한잔했을 뿐인데 그날은 정말 괜찮은 여행이었다.

날씨도 좋고, 마음도 평온하다. 엄마, 나, 우리 자매, 손녀딸 여섯 명. 여자만 열 명이다. 부모와 배우자 덕 보고 산 적이 없는 엄마와 이모, 그리고 사랑하는 우리 딸들이 누구 덕 안 보고도 행복하기를. 우리가 행복한 유년을 다시 만들어 가자.

엄마의 두통

학교 끝나면 집으로 부리나케 온다. 친구가 많이 없던 나는 다른 길로 샐 리가 없다. 오늘은 엄마가 집에 있네. 엄마가 집에 있다니 어쩐지 안심이 된다. 엄마는 침대에 누워 계신다. 오늘도 머리가 아픈가 보다. 그때는 잘 몰랐는데 엄마는 두통이 심하다. 건강검진에서는 별 이상이 없는데 심한 두통에 웬만한 진통제는 듣지 않고 처방받은 약으로만 조절이 된다.

나는 조용히 엄마 옆으로 간다.

"엄마 자?"

엄마는 깨어 있다. 학교에서 있었던 이야기를 꺼내 본다. 내성적이고 얌전한 성향의 나에게 별다른 이벤트가 있는 날이 거의 없지만, 공부는 곧잘 했다. 오늘 선생님의 질문에 손을 든 친구들은, 땡! 다 틀렸다. 우리 반 웬만한 모범생 아무도 대답을 못했다.

나는 심장이 쿵쿵 뛴다. 나 저거 아는데… 두근두근 떨리고 부끄럽다. 용기를 내서 손을 낮게 들었다. 작은 목소리로 대답했다. 앗싸! 내가 맞췄다. 1퍼센트의 확신만 부족했어도 절대 손을 들지 않았을 테니 이 문제는 맞을 수밖에. 이 이야기를 엄마한테 해준다.

엄마는 격하게 기뻐하지도 않고 흔한 칭찬도 없다. 반응은 없어도 엄마의 "안 자니까 계속 얘기해"라는 말에 좀 더 이야기를 해본다. 많지 않은 좋은 추억 중 하나이다. 엄마는 머리가 깨질 듯이 아팠겠지만, 엄마랑 교류가 많지 않았던 나는 조용히 이야기를 들어주던 엄마와의 이 장면이 좋은 추억으로 남아 있다. 엄마한테는 어떤 기억일까? 돈은 없는데 자식은 넷이고… 어떻게 살아야 할지 막막했을 그때, 두통이 없었으면 다른 데라도 아팠을지 모르겠다. 모든 걱정과 불안을 두통 하나로 퉁치고 그것 때문인 듯 그렇게 지내셨던 건 아닌지.

나는 종종 엄마 친구 집 나들이에도 따라갔다. 사실 낯선 곳에 가는 것도 싫고 사람들과 말하는 것도 싫어서 어디 따라다니는 것 또한 질색이다. 그렇지만 낯선 엄마 친구 집에서도 좋은 점은 있었다. 집에 없는 책이다. 엄마의 결혼이 그 세대 평균에 비추어봐도 일렀기 때문에 엄마 친구네는 아이들이 어리다. 그 아이들의 동화책들을 엄마가 "집에 가자" 부를 때까지 읽는다. 글 밥이 거의 없는 책들이라 수십 권씩 읽을 수 있다. 밖에서 가끔 내 얘기를 하는 것도 들린다.

"혜진이는 몇 번을 불러도 몰라, 책에 집중하느라고."

사실 다 들렸는데 앞으로도 집중하는 척해야지. 엄마가 집에 가자고 부르면 아쉬운 아쉬운 마음에 혹시 다음에 또 올 기회가 생기기를 바랐다.

나는 여전히 책을 좋아한다. 아이들이 많이 자랐지만, 여전히 동화책도 읽는다. 그때 읽었던 동화책들이 너무 좋았어서 '꾸러기 곰돌이'와 같은, 지금도 구할 수 있는 옛 책들을 사서 아이들에게 읽어주기도 했다. 너무나 좋은 책들이 많아진 지금, 그 책들은 촌스러운 듯도 하다. 그렇지만 나한테는 그때 내가 읽었던 그 동화책들이 너무 소중해서일까, 세상에 다시 없을 명작이다. 내가 책을 좋아했기 때문에 엄마가 일부러 나를 데리고 가셨던 걸까? 가서 책을 읽으라고 한 적도 없고, 내성적인 나를 굳이 데리고 갈 이유는 정말 하나도 없어 보인다. 그래도 나 혼자 그렇게 따라갔던 기억이 엄마가 날 위해서 그랬나. 조금 따뜻해진다.

엄마랑 시장에 가는 일도 있다. 나는 엄마에게 뭘 사달라고 조르는 일이 없었다. 엄마가 나를 시장에 데리고 온 걸 후회하면 안 되니까. 저기 쌓여있는 완두콩이 너무 예쁘다. 동화책에서 읽은 완두콩 형제도 생각나고 갖고 싶다. 어쩌면 완두콩 정도는 사주실지도 몰라 속으로 생각하지만, 입 밖으로 꺼내지는 않는다.

나는 마트 가는 것보다 시장을 더 좋아한다. 시장에 가면 알록달록 모형 같기도 한 신선한 채소와 과일들에 마음을 뺏긴다. 잘 먹지 않는 파프리카도, 나물도 사고 어릴 때 갖고 싶었던 완두콩을 샀다. "잘 먹지도 않는 콩은 왜 사?" 남편의 핀잔.

혜진의 마더

밥에 넣어도 별로 맛이 없어서 골라내곤 했지만, 그 뒤에도 몇 번이나 더 사고 나서야 완두콩 사는 것을 멈췄다.

결혼 생활 중 남편과 다툼이 심해 심리상담을 받았다. 상담은 그저 단순히 그때 힘들었던 문제만이 아닌 너머의 깊숙하게 감춰두었던 내 인생 전체를 꺼내왔다. 처음으로 묵은 상처까지 세세히 들여다볼 수 있었고, 큰 도움이 되었다.

심리적인 이유였을 두통으로 고생하는 엄마 생각이 났다. 괜찮다는 엄마를 설득해 어렵게 예약해서 동생한테 심리상담센터에 모시고 가게 했다. 펑펑 울었다고 한다.

우리는 살면서 한번은 누군가에게 온전히 이해받아야 한다. 내가 상담을 받고 나서 느꼈던 사실이다. 상당한 비용 때문에 한 번으로 그칠 수밖에 없었지만 그 한 번이 얼마나 큰 경험이었을지. 엄마도 이전에는 누군가에게 온전히 이해받아 본 적이 없었을 거다. 이날 이후 엄마에게 드라마틱한 변화는 없었지만, 마음 한편은 조금 홀가분해지지 않았을까 생각한다.

나는 부모한테 받은 것이 많지 않다고 생각했다. 받지 않아서 좋은 것도 있다. 부모가 나한테 주지 않은 것에는 폭력과 비난, "네 까짓 게 뭘 안다 그래" 이런 말은 들어본 적이 없다. 지나칠 정도로 '잔소리나 간섭'이 없었다. "너희 인생이니 니희기 알어서 헤아지"라는 무책임과 방임이었다. 그때는 간섭과 잔소리라도 있었으면 바랐는데… 밑도 끝도 없던 믿음 아래 우리 남매는 '내 앞가림 나 스스로' 하고자 했고 그것이 때로는 지나쳐 주기만 하고 받는 것에는 어색해서 다른 사람들을 불편하게 하기도 했다. 밑도 끝도 없는 믿음은 엄마 자신의 위안이었을까?

사실 엄마를 이해한다고 했다. 가없기도 했다. 나는 그 다사다난 했던 어릴 적 기억에서 모두 벗어난 것만 같았다. 그런데 아직 조금 남아 있던 내 해묵은 감정들이 풀리기를 기다리고 있음을 깨달았다. 동생이 언젠가 물었다.

"엄마, 아빠가 죽어도 슬프지 않으면 어쩌지? 나는 진짜 나쁜 년인가 봐."

"나도 그런 생각한 적 있어."

정말로 그랬다. 죄책감에 입 밖으로 꺼내 본 적은 없지만 막연하게 부모님이 돌아가시면 난 어떨까? 부모님이, 엄마가 돌아가시면 그렇게 창자가 끊어질 것처럼 슬플까? 무슨 일이 생길 때마다 가슴 아프게 생각나고 절절할까? 단 며칠도 버거울 때가 많아 명절임에도 '친정은 이해해줄 거야'라고

자위하며 가볍게 패스했던 나로서는 내가 진짜 슬플지 자신
하기 어렵다.

순진한 그녀

내 기억이 맞다면 아홉 살쯤이었을까. 35년 전쯤의 일이
다. 우리 왜 그런 기억쯤은 다들 하나씩 있지 않나? 어릴 때
부모 돈에 손댄 기억. 우리 형제자매도 그런 일로 부모한테
혼났고 나도 걸릴 뻔했다. 엄마 아빠를 비롯한 우리 형제자
매가 이 글을 본다면 어쩌면 엄청난 배신감을 느낄지 모르
겠다. 다른 사람은 다 그래도 나는 그러지 않을 거라고 굳게
믿었을 거니까.

아주 어릴 때부터 "너는 판사가 되어야 해" 바라셨던 아
빠는 "혜진이는 내가 잘못해도 감옥에 집어넣을 걸" 하고 웃
으며 말했고 나도 당연하다고 대답했지만 그건 도덕적으
로 옳은 일이 아니라서가 아니라 남들한테 부끄러워서거나
뒷날이 걱정되어서일 것이다. 가게에 가서 옷을 바꾸는 것
도 쉽지 않아서 동생을 데리고 다니는 내가 아무리 아빠지
만 남들의 따가운 시선을 견디며 그런 일을 해낼 수 있을 리

가⋯. 암튼 그런 나였고 어릴 때 언니가 '바른생활'이라고 부르며 내 눈치를 봤지만 나는 그냥 소심했기 때문이었던 거냐. 그런 내가 엄마 돈에 손을 대다니⋯ 얼마를 꺼내서 어떻게 썼는지는 기억이 나지 않는다. 남은 돈을 침대 밑에 뒀다가 엄마가 발견했고 추궁에 들어갔다. 두근두근 결국 내 것임을 알게 된 엄마가 물어본다.

"무슨 돈이야? 어디에서 났어?"

머리가 새하얘진 나는 우물쭈물하다가 체념은 했지만, 마지막 안간힘으로 주웠다고 거짓말을 했는데 이런, 엄마가 믿어버린다.

"그럼 그렇다고 진작 말하지. 왜 말 안 하고."

"주운 돈 안 돌려줬다고 혼날까 봐"라고 이런 거짓말을 술술 한 나는 눈물까지 흘린다. 엄마는 감쪽같이 믿었고 얼마간 엄마 친구들한테 자랑하는 소리도 들었다. 마음이 편치는 않았다. 그런 일은 바늘 도둑이 소도둑 되지 않게 따끔하게 혼을 내야 한다고 생각했던 엄마였지만 나는 엄마가 믿어줘서 소도둑은 되지 않았다. 대신 나는 내 아이들이 나를 감쪽같이 속일 수도 있겠다고 생각하게 되는 부작용이 생겼다. 이런⋯.

엄마는 겁이 없다. 가끔은 엄마가 아빠한테 또 맞을까 아슬아슬 불안해서 "엄마, 제발 그만해" 하며 화를 내고 사정을 해봐도 엄마는 끝까지 마음먹은 말을 참지 않는다. 어찌나 욕도 잘하는지. 경찰서도 몇 번 다녀온 엄마는 세상 부끄러운 것도 무서운 것도 없어 보였지만 이렇게 순진하다. 그리고 나를 믿어 주었다. 어떤 부모가 더 방임했냐로 배틀 해도 별로 꿀리지 않을 것 같은 엄마가 나를 믿어 주었구나. 새삼 깨닫는다.

처음에 엄마 이야기로 글을 쓰려고 했을 때 나의 진심은 이랬다. 자신의 인생을 온전히 자기 자신으로 살지 못했던 엄마에게 자신을 이야기할 기회를 주고 싶었고 엄마한테 선물 같은 글을 써야지 생각했다. 그런데 계속하면서 알게 되었다. 이건 나를 위한 글쓰기였다. 사실은 처음부터 알고 있었다. 이 글을 쓰기 전에 엄마한테 전화해서 동의를 구할 때도 예의상 동의의 과정을 밟는 척했지만, 글이 책으로 나온다면 그 수혜는 엄마가 아니라 나일 것은 분명했다. 엄마와 통화 중에 "어휴, 뭔 쓸 말이 있다고 그래, 남 보기 우세스럽게" 하며 부끄러워하는 엄마였지만 "그래, 너한테 필요한 거면 해야지."

사실 그 말에 눈물이 핑 돌았다.《나는 결코 엄마가 없었다》라는 책에서 지은이의 엄마가 지은이한테 했던 말과 같았다. 그 책에서 지은이는 '엄마는 이야기하지 않을 자유를 원했을지도 모른다'고 했다. 그래도 딸이 하자니까 '그게 너한테 필요한 일이라면' 하는 생각으로 이야기를 들려주었다고.

그 후에 두 번 정도 엄마를 만났을 때 엄마한테 엄마 인생을 정리할 만한 기록용 책 한 권을 드렸고 틈틈이 기록해서 줄 것을 요청했다.

"엄마, 이거 안 해주면 내 마음대로 쓴다. 그러면 엄마 흉만 보다 끝날지도 몰라. 엄마가 이거 잘 해줘야 잘 써줄 수 있어."

협박과 함께. 알겠다며 책을 챙기던 이렇게 순진한 그녀.

엄마가 항상 했던 말이 있다.

나는 못 배우고 무식하지만, 우리 딸들은 똑똑해서 부럽다.

엄마는 국가유공자인 할아버지 덕에 학비가 무료였음에도 고등학교도 나오지 못했다. 세상 물정에도 어두웠다. "나도 대학 가서 장구 배우고 싶다"라고 말하던 순수한 엄마였다.

어느 대학은 학생이 없어 교수님들이 학생 모시러 치열

하다는 말도 있지만 고등학교 졸업장이 없어 대학은 꿈도 못 꿨던 엄마는 이모가 뒤늦게 이모의 딸과 함께 대학에 입학했을 때 너무너무 부러워했다.

가부장적인 아빠한테 가끔 인간적인 대우를 못 받기는 했지만, 나한테는 나쁜 남편이지만 너희한테는 좋은 아빠니까 불쌍하게 생각하라고 말하곤 했던 순진한 그녀.

어쩌다 보니 '남보다 못한 사이'에서 지금은 나의 아빠이자 그녀의 전남편의 정기적인 병원 방문에 동행하고 전남편이 한 반찬을 맛있게 먹어주는 오히려 더 나은 관계를 만들어 나가는 대단한 그녀다!

엄마에게 '솔직하게' 쓰는 편지

엄마 나 혜진이….

엄마 내가 엄마한테 편지를 쓰네.

엄마가 이 편지를 받을 때 기분이 어떨까? 우리가 지금은 비교적 잘 지내고 있으니, 심장이 덜컥 내려앉는다거나 하는 일은 없지?

편지를 시작하면서 생각났어. 아니 사실은 가끔 생각났

었어. 내가 고등학교 다닐 때쯤인가? 엄마한테 썼던 편지가. 너무 신랄하게 엄마한테 상처 주는 말로 가득했던 편지였던 것 같은데 세세하게 기억나진 않네.

아마 정말 심한 말들이었을 거야. 혹시 울었어? 엄마가 상처받기를 바랐고, 맞을 각오도 했던 것 같아. 그때도 엄마는 나한테 별말이 없었고 그냥 엄마 방으로 갔지…. 나는 엄마한테 욕하고 대들진 않았지만 제대로 상처 주는 자식이었던 것 같기도 해. 나만큼 엄마한테 원망이 많았던 언니나 동생도 나한테 너무한다고 했던 적이 있을 정도였으니. 쌀쌀맞고 상처 줬던 내가 너무 미웠을 것 같아.

내가 가장 못되게 굴었던 대상이 엄마였던 것도 같고 그래서인지 나는 오랫동안 내가 너무나 가식적인 인간이라고 생각했어. 나 자신을 좋은 사람이라고 생각하기가 너무 힘이 들었고 인간관계가 편하지도 않았어. 좋은 사람이 아닌 내가 좋은 사람인 척하려니 힘이 드는구나, 자괴감이 들기도 했고.

엄마, 나는 엄마가 술 먹는 걸 너무 싫어해. 알지? 엄마가 술을 먹고 주정을 하기 시작하면 나는 그렇게 차갑게 엄마를 외면하고 투명 인간 취급을 했지. 술을 좋아하는 언니나 여동생은 때때로 엄마 기분을 맞춰주기도 하고 즐거운 시간을 보내려고 노력하지만. 시작은 항상 좋아. 그래서 가끔은 기대도 했지. 그렇지만 대부분 끝은 항상 엄마의 주정으로 우린 너무 힘들었어.

끝이 좋기를… 엄마는 평상시에 말도 별로 없으면서 그렇게 술만 먹으면 어리광을 부리면서 사람 참 피곤하게 했어. 지나치게 먹은 술 때문에 몸도 가누지 못하면서 노래방은 왜 그렇게 좋아하는지.

'엄마는 부끄러움이 없는 사람인가?'

엄마의 그 술주정에 애써 평범하게 보이고 싶었던 내 노력이 와르르 무너져 내리는 것 같아서 이를 바득바득 갈았어.

지금은 가족들이 엄마의 그 주정을 다 알지. 가장 먼저 결혼했기 때문에 내 배우자가 먼저 알았고, 형부, 제부까지…. 그 모습을 들키지 않으려고 얼마나 애를 썼는지 모르겠어. 손녀, 조카들한테까지 주정하는 모습을 보였을 땐 정말 앞으로 우리 만날 때 차마 '엄마 만날 일 없어'라고는 말 못 하고 '술은 없어!' 다짐하고 실제 여러 번 밥만 먹고 서둘러 떠나기도 했었는데. 엄마가 서운할 일보다 내 자존심이 더 중요했던 때였나 봐.

내일이 없는 것처럼 마시고, 아무 데서나 훌렁 옷도 벗던 엄마 때문에 내가 힘들게 힘들게 쌓아오던 자존감은 다시 제로가 되는 것 같아. 나는 나도 모르게 엄마를 나와 동일시했나 봐. 엄마의 망신이 내 망신 같고 엄마가 창피한 것을 모르는 사람처럼 행동할 때 나는 엄마가 느껴야 할 부끄러움까지 나 혼자 감당하고 있는 것 같은 기분이 심하게 들었어. 엄마의 그런 모습이 다른 사람들이 나를 함부로 해도 된다는 사인으로 보일까 봐 나는 더 바르게 살아야 할 것 같았고 고지식하고 융통성도 없었어.

그런데 엄마 알아? 엄마는 내가 취한 모습을 본 적이 없지만 나도 지인들과 가끔 술자리를 즐기곤 했어. 엄마는 아마 내가 술에 취한 적이 한 번도 없을 거라고 굳게 믿을 거야. 사실은 나도 술에 취해 구토하고 그렇게 민폐를 끼친 게 몇 번은 있지. 나의 원가족은 아무도 모르지만 엄마와 아빠가 물려준 유전자 덕분에 웬만큼은 마시는 주량을 타고나서 마음만 먹으면 그렇게 빼지 않고 주는 술을 받아먹어도 집에 무사히 도착할 수 있을 만큼 음주가 가능했지.

아, 엄마랑 아빠는 술이 세지. 그럼에도 항상 그 이상을 먹어서 문제였지만. 그리고 이것도 알면 놀랄 일이겠지만 나

다른 사람이 술주정하는 꼴도 되게 잘 봐. 내가 못 보는 건 내 부모의 술주정뿐인 것 같아. 다른 사람의 술주정에 나만큼 관대한 사람도 드물 거야. 나는 내 가족 외에 다른 사람이 술에 취하면 묘하게 안도감 같은 것이 있어. 이렇게 주정을 하는 사람이 내 부모만은 아니라는 것에 안심하게 돼.

엄마도 알지? 어머님도 술을 즐기는 거. 가끔 그렇게 많이 드실 때 시누가 시어머님한테 막 뭐라 해. 그만 먹으라고 짜증을 내기도 하고. 어머님은 그 말에 개의치 않고 "저년, 지랄하네" 하고 마실 때도 있어.

시누는 고모부나 형님 앞에서 엄마를 보는 나처럼 부끄럽기도 했을 거야. 어머님이 역정을 내면서 딸이 뭐라든 가볍게 무시하고 한 잔 더 하실 때 나는 어머님께 "저도 엄마한테 그래요. 딸이니까 엄마가 걱정되어서 그러는 거죠." 정말 걱정돼서였을까 하는 솔직한 심정은 뒤로하고. 내가 말하고도 흠칫했어. 나는 어머님의 술에는 관대할 수 있구나. 어머님이 주정하셔도 내가 부끄러웠던 적은 없거든. 어르신이 술 좀 드시고 주정도 할 수 있는 거지! 그렇지 않아?

엄마, 나는 엄마가 참 신기했어. 아빠 술주정에 그렇게 힘들어하던 엄마가 왜 아빠랑 같은 모습을 보이는지. 가끔은 나보다 엄마가 아빠를 더 이해하는 것 같은 말을 할 때도.

엄마~ 내가 엄마한테 했던 모진 말들과 됐던 싱치들. 변
명하자면, 어쩌면 사랑이었을지도 몰라. 남들한테 더 관대할
수 있는 이유가 그런 걸 거야. 나는 엄마에게 뭐라 하면서도
내 배우자가, 형부가, 제부가 주정하는 엄마를 하찮게 대할
까 봐, 함부로 할까 봐 싫었어. 지금은 세월이 흘러 엄마도 젊
었을 때처럼 많이 마시진 못하지. 나도 가끔은 맞춰주고 그
랬던 것 같아.

작년이었나? 비교적 최근의 술자리는 큰 사건 없이 즐겁
게 잘 마무리되기도 했어. 엄마와 이모한테 최대한 맞춰주고
2부는 우리 남매끼리 놀고자 했지만. 기운은 달려도 끝끝내
잠을 쫓으며 끝까지 놀던 엄마와 이모 덕분에 결국 우리가
먼저 잠들었지만….

엄마가 여동생과 밤새 싸우고 화해한 날. 참 잘됐다 싶었
는데… 혼자 새벽까지 마시던 술로 다시 냉랭한 분위기가 됐
던 그날도… 한 번도 엄마 편이지 못했던 우리를 그래도 이해
해 줬던 엄마였어. 미안하다고, 이만큼 커준 것도 감사하다
고. 지금은 술기운을 빌어서라도 조금 행복해지고 싶었던 엄

혜진의 마더

마가 조금 이해되기도 해. 별로 행복한 날이 없었지. 고생도 많았고. 잠깐이라도 엄마 자신이 아니고 싶었던 걸까?

사과받기만 하고 나는 못 했던 말… 엄마 미안해, 나도 정말 미안했어. 엄마 술 먹지 않아도 엄마 자신으로 행복해지길 정말 바랄게.

혜진이가 사랑하는 엄마에게

사랑합니다, 엄마

저는 지금 내가 살기 싫은 인생 우리 엄마도 살지 않았으면 바라고, 내 아이가 살지 않았으면 하는 인생은 나도 살지 말아야지 다짐하며 살고 있습니다. 늦게나마 자신을 소중하게 생각하는 사람이 다른 사람도 더 소중하게 생각한다는 말에 진심으로 공감하게 되었습니다.

엄마를 들여다보고 엄마에 대해 알아가면서 엄마도 저를 사랑했다는 것을 의심하지 않게 된 것이 가장 큰 깨달음이었습니다. 그리고 저도 엄마를 미워만 하지 않았다는 사실도 같이 알았습니다. 사랑받고 싶었고 사랑하고 싶었던 나의 마음과 엄마 마음이 같았다는 것을 알고 나니 엄마에게 진심으로 감사합니다.

저는 엄마에게 사랑한다는 말을 한 번도 해본 적이 없습니다. 사실 쑥스러워서 지금도 어렵습니다. 다만 아홉 살 김흥숙, 중학생 김흥숙, 네 남매의 엄마로 힘겨웠을 김흥숙을 위로하고 안아주고 싶습니다. 고생했어, 잘 살아주어 고마워.

저희 앞으로 더 행복할 것 같아서 기대됩니다. 마음이 약해질 때는 나 자신이 제 보호자가 되어서 제 아이가 들으면 좋을 말을 스스로에게 해주려고 합니다. 괜찮아. 할 수 있어. 실패해도 돼. 좋은 경험이 될 거야. 엄마에게 부재했던 보호자, 나에게도 온전하지 못했던 보호자가 이제 스스로 되겠다고 다시 다짐합니다.

미영의 마더

우리 엄마는 부재중

스토리

물어도 대답 없는
엄마 이야기

내 안의 엄마를 꺼내보고 싶었다. 결국은 정리가 안 되
는 그 지점까지만 기록한다. 나는 엄마를 알지 못한다는 것
만 알았으니까.

엄마가 빙빙 돌려서 말하는 애매한 충청도 화법은 불확
실하고 부정확해서 무책임하다. 말은 하는데 알맹이가 없
어서 무슨 이야기를 하는지 갈피를 잡기 힘들어서 피곤하
다. 그러고는 나 몰라라 하면 그만이니 자꾸만 피하게 되면
서 대화가 어렵다. 뭔가 본질을 찾으려고 하면 어느새 말을

미영의 마더

돌려서 전혀 상관없는, 아무 맥락 없는 딴 이야기를 시작한다. 그렇게 기운을 쏙 빼놓는다. 허망하기 짝이 없다. 어이없이 웃거나 어처구니없이 다투거나 둘 중 하나인데 둘 다 답이 아니긴 마찬가지다. 서글픈 대화랄까.

엄마 : 저거 좀 가져와 봐.

나 : 뭐요?

엄마 : 여기저기 그 뭐냐.

나 : 이거?

엄마 : 아니, 거기.

나 : 이거?

엄마 : 이이.

나 : ….

엄마는 어느 별에서 왔을까?

나는 기억력 장애가 있나. 어릴 적 기억이 짧고 얕다. 그래서 어디까지가 진짜고 아닌지도 잘 모른다.

애써 기억해낸 예전 기억 속의 나는 1986년 12월의 첫날, 제약회사 신입사원 교육을 받은 후 귀가하기 위해 신설동 버스정류장에 혼자 서 있다. 춥고 배고팠다. 고등학교 졸업 고사를 앞둔 열여덟 살 겨울부터 사회생활을 시작한 내가 거기에 있다. 중3 가을, 고등학교 원서를 쓸 때 엄마는 만삭이었다. 배부른 엄마를 황당한 눈으로 올려보던 그때가 내 조각난 기억 중 하나의 시작인 듯하다. 나는 사춘기도 없이 철이 들었는지 여섯째인 동생 맞이할 집안 살림 걱정을 하며 취업을 보장해준다는 반복 선전에 세뇌되어 집 근처에 있는 여자상업고등학교를 선택했다.

그때 부모님은 꽤 규모가 큰 가게를 하셨다. 주로 의류였고 직접 만들기도 했다. 일하는 사람도 몇 명 있었다. 고등학교에 입학해서 새로 사귄 친구들은 나를 이해하지 못했고 왜 여상에 왔느냐고 물었다. 나는 딱히 할 말이 없었다. 동생이 다섯이나 있어서 그랬다고 말하지 못했다. 아빠는 가난하지 않았다는 것을 나는 몰랐다. 그리고 기억 속의 엄마는 자주 미역국을 드셨고 뺏어 먹기도 했던 것 같다.

자라면서 동생들에게 '언니'나 '누나'라는 호칭은 들어보지 못했고, 둘째 동생과는 자주 싸웠는데 몸싸움이든 말싸움이든 늘 졌다. 나는 몸 쓰는 일에 약하고 여러 사람과 부대끼면 힘들어한다. 큰 목소리에 유난히 민감했고 우는 걸 싫어했다. 울음소리가 싫어서 그랬을 것이다. 계속 태어난 동생들 때문인지 정확하게 알 수 없지만, 어린아이의 울음소리는 지금도 몹시 불편하다.

좋은 기억도 있으련만, 내 기억 속의 나는 별로 좋지 않다. 그래서인지 기억을 더듬는 일은 고되고 힘들어서 지속하기 어렵다. 지쳐서 오래 계속할 수가 없다. 게다가 내 기억이라는 것도 믿을 수가 없다. 앞뒤가 뒤엉켜서 뒤죽박죽인 채로 엉망진창이기 십상이다. 의식의 흐름이랄 것이 불일치와 모순투성이다. 실제 일어난 일인지 꿈인지 무의식인지 내 기억은 서로 배합할수록 충돌하고 어긋난 채로 길을 잃는다. 나는 병원에서 진단받은 적은 없지만 바로 여기가 내 병의 시작이라는 것을 안다. 관계에서 여실히 드러나곤 했으니까. 타인이든 나든 누구든.

엄마는 아들을 낳기 위해 딸을 다섯이나 낳은 유교적 가부장제 전통에 뿌리 깊은 믿음을 가지고 있다. 엄마의 종교는, 그러니까 '아들'이다. 그래서 딸이 다섯 명이나 있지만, 전혀 페미니즘적이지 않다. 아니, 딸이 다섯이나 있어서 페미니즘적이지 않다. 누 낼를 낳은 나에게 이들 낳으라는 소리를 오래도록 한 유일한 사람이 엄마다.

나와 동생들은 부모에 대한 기억이 다르다. 6인 6색, 각자 다르다는 것만 알뿐, 어떻게 다른지는 서로 모른다. 어느 날의 아빠를 떠올리면 술에 얼근하게 취해서 노래방 기계를 켜고 비디오 녹화를 하면서 마이크 잡고 흥겹게 노래 부르는 모습이다. 그때 거실에는 음주 가무에 최적화된 기계들이 완비되어 있었다. 흥에 겨워 눈을 감고 입술로 피리도 불고 방귀로 박자도 맞추면서 뽕짝을 메들리로 불러 제꼈다.

엄마는 우리 집 가수다. 한동안 노래 교실에도 열심히 다녔다. 여기까지는 동생들이 기억하는 모습이기도 하다.

그리고 연달아 떠오르는 기억은 술에 취해 눈이 돌아가 쌍욕을 하며 엄마에게 함부로 하면서 술상을 엎고 살림을 부수고 엄마를 때리고 뛰쳐나가는 아빠의 모습이다. 이런 기억은 내 기억 속에만 머무는 모양이다. 나는 아프고 불편하고 쓸쓸하고 혼란스러워서 아빠 생각 자체를 안 한다. 그냥 이름이 '아빠'인 한 인간으로 상징적으로만 존재할 뿐이다.

미영의 마더

하지만 동생들은 그렇지 않다. 나는 부모나 형제에게 나를 표현할 줄 몰랐고 몰랐다는 것도 모른 채 살았다. 어쩔 수 없는 일이라 여기고 그저 벗어나려고만 했다. 내가 할 수 있는 것이 아무것도 없다는 무력감에 우울했고 성인 이후에는 알코올 중독 상태에 빠지곤 했다. 그리고 이러한 사실을 아무에게도 말하지 못하고 나만의 비밀로 간직하고 지냈다.

아빠를 빼닮은 나는 술을 잘 마셨다. 동생들은 그렇지 않아서 주로 아빠와 나의 술자리가 잦았다. 그러다 보니 안주로 등장하는 음식들은 동생들에게까지 차례가 가지 못했다. 나는 아빠가 즐겨 먹는 별별 음식을 두루 먹곤 했다. 주로 엄마가 차려 주셨는데 엄마도 드시지 않는 걸 부녀가 즐기는 모습이 흐뭇했다고 한다. 이 중에는 동생들이 혐오하는 메뉴가 수두룩하다. 내 기억에는 별로 남아 있는 것이 없지만 동생들의 기억이 맞을 것이다. 아빠와 나는 알코올 중독자였고 술에 취해 큰 소리로 떠들거나 과장되게 웃거나 우는 건 너무나 자연스러운 일이었다.

문제는 늘 준비되어 있었다. 아슬아슬하게 비켜가면 안전한 술자리가 되고 아니면 시끄럽고 요란하게 한바탕 난리가 났다. 아빠와의 유쾌한 술자리를 언제 어떤 이유로 그만두게 되었는지는 기억나지 않는다. 엄마와 관련이 있을까?

모르겠다. 나는 엄마와도 거리가 생겼으니까. 아빠를 무서워하고 피하게 되면서 엄마와만 대화를 나누곤 했는데 그마저도 시속하기 어려웠다. 나는 내 이야기를 되도록 하지 않게 되었고 집에 들어가는 것을 불편해했다. 실은, 이런 정도의 기억도 구체적이지 않고 불완전해서 조심스럽다. 나는 왜, 언제부터 부모와 멀어졌을까?

내 안에 있는 '아빠'라는 방에는 분노, 공포, 불안 등이 산다. 돌아가신 지 20년이 지났어도 내 안에 살아 있는 아빠를 대면하는 일은 어지럽고 불편하고 어둡고 고통스럽다. 여전히 아빠를 떠올리면 두려움과 불안의 감정이 자동으로 연상되면서 몸이 반응하는 나를 만난다. 머리로는 분리가 되는데, 몸이 기억하는 건 어쩔 도리가 없이 속수무책이다. 머리와 몸이 따로 논다. 아빠는 돌아가셨어도 힘들고, 엄마는 살아 계셔도 어렵다.

익숙한 건 대책 없이 끌리기도 하지만, 거칠게 거부하기도 한다. 나에게 전자는 술이고, 후자는 엄마다. 아빠의 경우에는 폭력이든 화든 험하고 사나운 수단과 방법으로 나름의 표현을 했다면 엄마는 속을 알 수 없었다. 일관적이지 않아서 그때그때 다르고 설사 속내를 안다 하더라도 그다지 소용이 없는, 아니 오히려 방해되는, 무한 반복 도돌이표다. 답이

미영의 마더

없는 게 아니라 아무런 문제가 없었다. 그 해맑음이 가여웠다. 장녀 콤플렉스를 가진 나는 어떻게든 도움이 되고 싶었을 것이다. 그래서 대화라는 걸 시도했을 것이다. 하지만 엄마는 솔직할 줄 몰랐다.

다 지난 이야기는 꺼내지 말라고 했다. 그럼 무슨 말을 하느냐고 하면 좋은 이야기만 하라고 했다. 사는 게 뭐가 맨날 좋아서 좋은 이야기만 하냐고 그건 머리에 꽃 꽂고 뛰어다녀야 가능한 거라고 미치지 않고서야 어떻게 그러냐고 하면 그때부터는 귀가 사라져갔다. 왜 지금 와서 과거 얘길 꺼내서 확인하고 의심하냐고 했다. 그마저도 대부분은 말을 돌리기 일쑤였고 아예 못 들은 척했다. 그런다고 뭐라고 하면 마지못해 몇 마디를 덧붙였다. 좋은 이야기도 아닌데 알아서 뭐할 거냐고. 나쁜 거 생각하면 못 살았을 거라고. 좋은 것만 생각하면서 살라고 조언했다.

이쯤 되면 처연하고 안타까운 엄마를 도우려는 시도는 우주 밖으로 사라지고 내 오래된 화가 단전에서부터 치밀어 오른다. 엄마의 당당한 정신 승리 앞에서 숨이 막힐 듯 갑갑해서 화를 내면 나만 이상해졌다. 동생들이라도 옆에 있는 날이면 나는 엄마를 괴롭히는 악인이 되었다. 동생들은 나를 이해하지 못했고 나는 동생들을 이해시키지 못했다. 나를 설명하는 일은 또 다른 영역의 커다란 물음표였다. 그래서 엄마를 만나고 나면 며칠 동안 아팠다. 엄마의 정신 승리가 부지길 수도 아니면 병적 중상일 수도 있지 않을까 하는 걸 아는 데에만 50년이 걸렸다.

내 시선은 내 삶의 공백에 오래 머물곤 했다. 어린 시절 기억의 오류와 부재가 그랬다. 은폐되고 가려진 지점, 부모가 숨기려는 것, 모른 척하는 부분, 사라진 기억들에 대해서 그랬다. 언젠가 엄마는 나를 사랑한다고 했다. 어느 날 이 느닷없는 사랑 고백에 위경련이 일었다. 어떤 방식으로든 행위로 표현된 것이 마음이다. 나에게 전달되지 않은 것은 상대방에게 없는 것이다. 마음이 아닌데 마음이라고 생각하는 것, 없는 게 눈에 보이는 데 줬다고 우기면, 유령인가? 양자역학인가? 아무 말 대잔치인가? 그건 가스라이팅이다. 나는 나를 의심하며 명치끝이 쓰렸다.

너무 많은 것은 하나도 없는 것과 같다. 내 어릴 적의 엄마는 딸들 이름을 한 번에 제대로 부르지 못했다. 나를 부를 때도 동생들의 이름을 두엇 부른 뒤에야 내 이름이 나왔다. 엄마의 눈에는 얼마나 헷갈리는 존재들이었을까? 엄마의 딸 이름 부르기는 늘 실패였다. 알아듣는 건 딸들의 몫이어서 딸들은 매번 싸우느라 바빴다. 잘못한 사람은 따로 있는데

미영의 마더

아무 잘못 없는 애들끼리 싸우다가 싸운다고 혼났다. 싸울 일은 언제든 어디든 무엇이든 널려 있었다. 이 불일치와 악순환의 반복이 일상인 삶에서 누가 건강할 수 있을까?

엄마가 소중하게 여기는 것

나는 이혼 이후 몇 년 동안은 엄마와 연락하지 않고 지냈다. 시간이 지나면서 가끔 혼자서 엄마를 만나러 본가에 들르곤 했는데, 어느 날은 이것 좀 보라며 옆에 앉으라고 했다. 거실 서랍장 안쪽에 고이 모셔놨다가 꺼낸 꾸러미였다. 가만가만 펼치는 손길이 무척이나 소중한 물건을 대하는 듯했다. 무슨 통인지 단지인지에 담긴 것은 남동생 폐백 때 썼다는 알록달록한 실과 종이쪼가리와 형체를 알 수 없는 무언가였다. 그게 뭔지 알 것 같은 순간, 나는 그만 됐다고 말했다. 다른 이야기하자고 했더니, 이번엔 남동생의 딸_{엄마 손주 딸} 사진을 꺼내 들었다.

한참 만에 큰맘 먹고 엄마를 만나러 간 내게 화가 났다. 아, 엄마를, 내가, 또, 몰랐구나. 나는 이 생뚱맞음에 당황하면서 도대체 엄마는 왜 하필 이 순간에 남동생 이야기를 할

까 싶었다. 엄마는 내게 뭔가 자랑하고 싶었던 걸까? 엄마의
자랑은 아들이니까 그걸 꺼내놓았을까? 이해하려고 노력하
는 내게 또 화가 났다. 고개를 들어 올려다본 거실 벽에는 대
형 가족사진이 있었다. 아빠가 돌아가시기 전에 치른 셋째
동생 결혼식 사진 속 이혼한 전남편이 보였다.

　기억 속 성장기의 나는 삶이랄 게 그다지 활기차지 않았
다. 살아 있다는 것은 그저 견디는 것이었다. 아무런 기대 없
는 일상을 버티면서 유지할 뿐이었다. 어디에도 의지할 데
없는 하루를 견뎌내는 삶이란 퍽 재미없고 지루하고 막막해
서 가슴이 꽉 막힌 듯 답답한 쓸쓸함이었다. 타인과의 접촉
을 피하려 노력했고, 어디서 누군가 나를 부르는 소리가 들
리기라도 하면 움찔하고 놀라서 안절부절못하며 몸이 그 자
리에서 얼어붙었다. 심장 박동이 빨라지는 느낌에 가슴이 답
답하고 호흡은 가빠지며 핑한 어지럼증이 나타났다. 등과 어
깨는 잔뜩 굽었고, 고개를 숙인 채 팔로 가슴을 감싸서 남에
게 보이는 어느 부위든 감추려 했다. 일관적이지 못하고 그
때그때 상황에 따라 임기응변식으로 대처하면서도 이러지
도 저러지도 못하는 상황에서는 변덕이 심했다. 목소리는 작
고 그마저도 잘 표현하지 않았다.

　목소리는 점점 작아져서 웅얼웅얼 혼잣말처럼 중얼거리

거나 금방이라도 울 것처럼 울먹였다. 목놓아 울지도 못하고 울음을 삼키며 젖은 베개에서 잠들면 어금니가 빠지거나 손발톱이 다 빠지는 꿈을 꾸곤 했다. 자고 일어나도 어지럼증과 현기증으로 물먹은 솜처럼 무거운 몸으로 둔하게 느릿느릿 움직였다. 아픈 게 일상이어서 딱히 어디가 아픈 줄 모르고 익숙하게 받아들일 뿐이었다. 곧잘 정신을 놓았고 또 정신을 차렸고 그때마다 죽음이 가까이 있다고 여겼다. 팔꿈치나 무릎을 다치거나 급소를 부딪치면 눈앞이 하얘지고 배가 살살 아픈 것 같이 느껴지면서 멀미가 나는 듯 속이 울렁거리다가 윙윙대는 이명과 함께 통제력을 상실한 채 온몸에 힘이 풀리면서 정신을 잃고 쓰러졌다. 만다라본질이 여러 조건으로 변한다는 의미를 지닌 불화로 사각형의 중심에 원이 있으며 사각형의 각 변의 중앙에 한 개의 문이 있는 형태가 보이면서 식은땀을 흘리며 깨어나면 뜨끈한 오줌을 싸고 있었다. 나조차 나를 어쩌지 못하는 상태를 경험한다는 것은 무척 딱한 일이었다.

이차 성징이 나타난다는 사춘기가 오기 전부터 어른스러웠고, 스스로 어른이라고 믿었다. 불합리하고 의문투성이인 부모와 대화하지 못했고, 의심 가득한 일상이라는 쳇바퀴를 굴리며 티 나지 않게 살아가는 일이 그랬다. 이름 모를 불일치를 숨기며 큰딸은 살림 밑천이라는 주문에 걸려 최선을 다해서 성실했다. 그저 커가는 내내 뭔지 모르지만 할 이야기가 많이 있다고 생각해왔다. 내 안에 분명 뭔가가 잔뜩 쌓여 있는 것 같단 느낌과 차근차근 꺼내 보고 싶단 욕심에 조바심이 인 적도 있었다. 하지만 거기까지였다. 나는 문제가 무엇인지 정확하게 알지 못했다.

통증을 느끼지 못하면 아프지 않은 걸까? 실제로 통증을 느끼지 못하는 '선천성 무통각증'이라는 병이 있다. 못 느끼는 것도 병인데, 나는 내 마음이 아픈 줄 몰랐다. 몸이라고 달랐을까?

통증이란 아픔이고, 아픔을 인지한다는 것은 위험을 감지하며 살아간다는 것이다. 내 얕은 기억 속 성장기의 나는 봄이 아프면 성신을 놓았나. 문틈에 손가락이 끼여서 손톱에 피가 나면 기절했다. 치과에 가서 사랑니를 뽑으며 기절했다. 팔꿈치를 부딪치면 기절했고, 뛰다가 넘어지면 기절했다. 아파도 기절했고, 아플 것 같아도 바닥에 누워서 눈을 감았다. 그리고 정신이 오면 눈뜨고 깨어났다. 언제 어디서 어떤 위험이 있을지, 감당할 수 있을지, 나는 알 수 없었다. 성인이 된 나는 어린 시절에 기절했던 장면을 떠올리는 것만으로도 아찔하고 힘들었다.

내가 그나마 기억하는 유년의 나는 아빠와의 접촉이 거

의 없었다. 언젠가부터 그저 무서워했고 피했다. 사춘기 때였을까? 아빠가 내 이름만 불러도 기절하는 통에 밥도 같이 먹지 않았다. 어른다운 대화는 고사하고 일상을 나누는 것조차 생략된 채로 마주 앉아 식사하는 일은 곤욕이다. 배는 불렀지만 배만 불렀다. 정신은 굶주린 채였다. 대화가 뭘까? 대화를 나눈다는 것은 뭘까? 우리 집엔 그따위 사치는 없었다. 긴장한 채로 불편하게 고요했다. 술자리를 제외하고는. 그래서 성인이 된 나는 아빠와 술자리를 가졌고 아빠는 그걸 좋아하셨다. 나는 자주 취했고, 아빠를 술로 이긴 남자와 결혼했다.

내가 첫딸을 제왕절개로 낳고 입원 중인 병원에 다녀간 엄마는 아빠에게 맞았다. 집을 비워서였을까? 아빠의 저녁밥을 챙겨주지 못해서였을까? 퇴원 후 갓난아이를 안고 본가에 갔을 때, 엄마의 한쪽 눈이 시퍼렇게 멍들어 있었다. 나는 부모에게 묻지 못했고, 마주 쳐다보지도 못했다. 남편에게는 오지 말라고 했고 차마 말하지 못했다. 나를 등한시한 남편에 대한 서운함보다 더 큰 충격이었다. 다른 누구에게도 말하지 못하고 갓난아이를 안고 울었다. '이제 어떻게 살까?' 하고.

내가 아이를 낳고 엄마를 힘들게 하며 괴롭혔다고 여겼

던 동생들은 출산 후 산후조리원을 선택했다. 가족 중 누구도 그 이야기를 꺼내지는 않았다. 이렇게 생략된 이야기가 얼마나 있는지조차도 서로 나눈 적이 없다. 나는 첫 출산 이후로 뭔가 미세하게 균열이 생기기 시작했음을 자각했지만, 부모를 외면한다는 것은 쉽지 않았다. 명절증후군, 누군가는 시가에서 겪는다는 그걸 나는 본가에서 경험했다. 원가족을 만나는 명절 때마다 위장에 탈이 나서 위장약을 먹으며 다녀오곤 했다. 위경련을 동반한 해로운 만남이었다.

내가 남편에게 폭력을 당했던 날, 영리한 남편은 본능적인 계산이 빨랐고 정확하게 맞췄다. 남편이 엄마에게 전화를 걸지 않았다면 나는 엄마를 찾지 않았을 것이다. 그날 나는 엄마와도 싸우지 않고 남편과도 싸우지 못했다. 불행히도 내 엄마가 원하는 건 참고 사는 바로 그거다. 엄마에게 여자로 산다는 건, 남자를 견디는 일이다. 내 남자가 원하는 여자가 되어서 그 남자를 요리하는 일이다. 남자는 여자 하기 나름이어서 어르고 달래서 구슬리면 그만이다. 그 쉬운 걸 못하면 맞아도 싼 거였고, 아파도 찍소리 못하는 거였다. 그렇게 아무도 모르게 비밀로 간직하고 사는 일이었다.

내가 엄마를 이해하지 못하듯이, 엄마도 나를 이해하지 못한다. 우리는 도대체 어떻게 해서 평행선을 달리게 되었을

미영의 마더

까? 왜 나는 엄마를 이해하려고 애썼고, 왜 엄마는 나를 외면했을까? 내가 엄마가 되면서 발견하게 된 원치 않은 상처이고, 오래된 아픔이다. 남편은 나를 데리러 와서는 많이 생각했는데 다 덮어주겠다고 했다. 사위를 위한 술상을 차려준 엄마는 잘 생각했다고 애들 봐서라도 그래야 한다며 고맙다고 했다. 나를 때린 남편이 덮어주는 건 뭐고, 엄마가 사위에게 고마운 건 뭘까? 나는 묻지 못했다.

엄마와 마주 앉아 혼자서 술을 마시던 남편은 나를 사랑한다고 했다. 우리 부부는 어느새 무언가에 젖어 버려 정상적으로 판단할 수 없는 상태였다. 애증이 쌓여서 함께 한 까닭에 서로 분간하기 어려울 정도로 이성적으로 마비되어 있었다. 무슨 중독일까? 상처가 익숙하면 아픈 줄을 모른다. 죄다 곪아서 피고름이 흐르는데도 다 덮자고 사랑한다고 다시 살자고 했다. 나는 정신을 차리기 힘들었고, 무척 아프다고 말하고 싶었다. 만신창이가 된 내 안의 고약한 고름을 짜내고도 싶었다. 맞은 딸보다 때린 사위를 더 챙기는 모습에 경악했지만, 나는 엄마를 인정도 거부도 할 수 없어서 헷갈렸다. 나도 엄마처럼 살 수 있을까 싶어서 흔들렸다. 그러나 시간이 흘러도 아닌 건 아닌 거였고, 결국은 엄마를 포기하고 이혼을 선택했다.

나는 엄마가 무지하다고 생각한다. 그럴 수 있다. 엄마는 몰랐을 것이다. 아니, 분명히 몰랐다. 알았다면 그랬을 리가 없다 딸두 수준하다는 건 안았다면, 그렇게 하지 않았을 것이다. 남동생 폐백 단지를 서랍장 깊숙한 곳에 고이 모셔놓 았듯이 아끼고 살폈을 것이다. 엄마는 그냥 뭘 모르고 산 거였다. 그래야 하는 줄 알고 맞고 살았고, 딸을 때린 사위를 위해 술상을 차려줬고, 딸에게는 맞을 짓 하면 맞아도 싸다고 조언한 거였다.

지금도 이혼한 사위의 안부를 물으며 딸이 엄마를 무시한다고 속상해하고 서운해하는 엄마의 이부자리 머리맡에는 돌아가신 지 20년이 지난 아빠의 얼굴이 큼직하게 확대된 사진이 벽에 길려 있다. 아빠를 좋게만 기억하고 늘 그립다면서 자랑스럽게 말하는 엄마의 무지는 단순한 지식의 결여가 아니다. '나쁜 건 알고 싶지 않다'는 한결같은 마음가짐에 성실한 결과다.

사진으로 보는 우리 엄마

엄마는 1945년 충남 홍성에서 3남 2녀 중 셋째위로 오빠, 언

미영의 마더

니, 아래로 남동생 둘로 태어났다. 스물넷인가에 서울에서 세 살 많은 아빠를 만나 결혼했다고 들었다. 엄마의 언니는 결혼해서 2남 2녀를 두고는 교통사고로 일찍 돌아가셨고, 엄마 바로 아래 남동생이 장남 역할을 하는 바람에 엄마는 누나면서도 동생을 어려워했다. 내가 아는 엄마는 나를 낳은 이후인데, 내 어린 시절 기억 속 엄마는 부재중이다. 내가 엄마를 잘 모르겠다고 여기는 가장 중요한 이유다.

2014년 2월, 엄마 칠순 기념으로 제주도 가족여행을 갔다. 단체 할인 20명에서 1명 빠진 19명이었다. 이듬해 이혼한 나는 이후 가족 모임에는 참석하지 않았다. 사진이라는 주제는 불편했지만, 그 불편함을 마주할 생각으로 사진 부자인 넷째 동생에게 연락했다. 동생은 기다렸다는 듯이 사진 폭탄을 보내왔다. 바글바글한 가족사진을 보니 두통이 시작되었다. 최근 사진 말고 예전 사진이면 좋겠다고 했더니 이런 거? 하며 몇 장 더 보내주었다. 내가 기억하는 기억 속 사진들이었다. 시간을 거스르려니 멀미가 났다.

그중 하나가 엄마와 나, 둘이서 속리산 정이품송 앞에 차렷 자세로 서 있는 내 어릴 적 사진이었다. 봄처럼 가볍고 화사한 복장의 엄마와 꽃분홍 원피스에 흰색 타이츠를 신은 나는 무표정인 채로 서 있다. 내가 몇 살 때였을까? 일곱 살에 입학했으니까 여섯 살쯤이었나? 그럼 나와 띠동갑인 엄마는 몇 살이었지? 서른? 넷째 동생은 태어나지 않았겠구나, 했디.

내가 어릴 적의 엄마를 떠올리면 엄마의 나이보다는 몇째 동생을 낳을 때였지, 하는 생각을 먼저 한다. 내가 결혼한 이후, 그러니까 나도 엄마가 된 이후의 엄마는 어느 정도 기억하는 편이지만 그 이전의 엄마는 사실 형체가 없다. 고등학교 원서를 쓰는 중학교 3학년 때는 엄마가 임신 중이어서 아빠가 학교에 다녀가셨다. 나는 아빠라는 이름에 짓눌리기도 했고, 엄마는 내가 기대하고 의지할 존재가 아닌 탓에 투명 인간 정도였는지도 모른다.

과거의 모습이 고스란한 사진 속 엄마는 누구였을까? 나는 엄마를 알고 싶었고 그래서 엄마에게 묻기도 했고 그러다가 내 마음을 다쳤고 그렇게 멀어지면서 내 마음의 문은 닫혔다. 내가 닫았으니 다시 열어보기로 했다. 감당할 만큼만 가보기로 하고 다시 사진을 보았다. 사진 속 나는 예쁘다. 예쁜 나를 소중히 대해주지 않았다는 것에 대한 상처가 있다. 귀하게 대접받지 못했다는 것도 마찬가지다. 존재 자체로 사랑받았다는 기억이 없어서 그렇다. 내가 무언가 상상해야 한다면 바로 거기면 좋겠는데, 거기까지는 알겠는데, 딱 거기

미영의 마더

서 멈췄다.

　내게 상상이란 이런 것들이다. 어떤 사실을 추측하고 나열하는 것이다. 엄마가 스물다섯에서 마흔 살까지 2~4년 터울로 딸 다섯에 아들 하나를 낳은 일이다. 그게 다. 엄마의 육아는 부재한 채로 나의 상상은 멈춘다. 그 언젠가 행복했던 순간을 사진으로 남겼을 것이다. 사진으로 수집된 과거는 기억되었을 것이다. 나는 사진을 보면서 내 기억이랄 것을 떠올렸고 그러다가 멍했고 눈을 감아버렸다.

　나는 무엇을 기억하고 무엇을 잊었을까? 모든 것은 흩어져 사라지지만, 그래도 어딘가에 남는 것이 있다. 어떤 무엇은 공백 상태로 존재한다. 텅 빈 상태가 주는 묵직한 아픔이 전달되면 그때 비로소 안다. 잊은 게 아니구나, 잊고 싶은 거였구나, 아직 아물지 않았구나, 그럼 그냥 그대로 두자, 괜찮다, 다 괜찮다, 잊었다는 것만 기억하기로 하자, 한다.

　딸들은 종종 내게 외할머니 같다고 한다. 나의 아킬레스건인 걸 알고 하는 이야기다. 그러면서 덧붙이길 자기들도 엄마 닮아서 똑같이 그렇다며 그럴 때마다 깜짝 놀란단다. 그 이야기를 듣는 나는 속으로 가만히 흐뭇하게 웃는다. 다행이다, 너희들은 자신을 알아서 참 다행이다, 한다. 나는 나를 모르고 살았다. 내가 엄마를 닮았는지 아빠를 닮았는지 모르고 살았다. 아니, 전혀 닮고 싶지 않아서 외면하느라 분주했다. 무엇이든 감추고 숨기고 피하느라 나와 멀어진 채 오래 떠돌며 방황했다. 그렇게 나른 풀 로드고 아팠고 그런 나를 아무한테도 드러낸 적이 없어서 무엇을, 어떻게, 어디까지 말해야 할지 몰라서 또 아팠다.

이런저런 이유로 이혼 이후로는 본가에 가지 않았다. 언젠가 내 마음이 더 넓어지면 가능하려나? 엄마에 대한 연민이라도 생기게 되면 찾아가려나? 모르겠다. 거기에 쓰는 에너지가 상당하다. 엄마와 둘이서 함께 식사하는 일도 쉽지 않고, 대화까지 한다는 건 무한도전이다. 엄마에게 화내는 게 내 문제일지도 모른다는 생각에 대화를 시도한 적이 여러 번 있었다. 아무 말 하지 말고 그냥 듣기만 해달라고 부탁한 적도 있었다. 넘어야 할 산이라 여겨서 시도해 보았지만 허망하게 무너졌다. 그때마다 어린아이가 튀어나왔고 어른이 아닌 채로 널브러져 버르적거렸다. 집에 돌아와 다시 제자리에 서기까지 며칠씩 걸리곤 했다. 속 쓰림에 위장약을 빨아 먹어도 소용없이 속은 여전히 답답했다.

'여기까지'라는 생각이 들 때가 있다. 부정적인 의미가 아닌 긍정적인 인정이다. 최선을 다했고, 내 에너지가 소진되어 미련이 사라진 지점을 알게 된 순간, 나는 멈춘다. 그때 그만

두는 일은 나를 위한 작은 배려이자 살아가는 데 필요한 힘이다. 내게 망각은 기억만큼이나 소중하다. 내 엄마를 닮은 건지도 모른다. 엄마에 대해 모르겠다고 말하는 나는 무관심도 관심만큼이나 중하다는 것을 안다. 정답이 없다는 것도 안다. 현명해진다는 것이 옳은 결정을 더 많이 하게 되었다는 뜻이 아니라, 내가 옳다고 믿는 것이 어디서 비롯된 것인지를 깨닫게 되었다는 의미라면, 갱년기인 지금의 내가 선택한 엄마를 사랑하는 방식이기도 하다.

내가 쓰고 싶은 엄마 이야기

엉덩이가 하나인가 둘인가?

빨대 구멍은 하나인가 둘인가?

개를 상반신과 하반신으로 나눌 때의 기준은 가로인가 세로인가?

딸들과 이야기하다가 깻잎 논쟁까지 이어졌다. 정답? 중요하다. 하지만 정답을 찾아가는 과정도 정답 못지않게 중요하다. 가족으로 산다는 것은 손들고 정답을 외치는 것이 아니라 그 과정을 함께 나누는 것이다. 문제에 오류는 없는지,

정답이 존재하는 문제인지, 문제에 오류가 있다면 그 오류는 무엇인지, 정답이 있다면 정답이라고 생각하는 이유는 무엇인지, 문제와 답에 대한 나름의 고유한 판단 기준을 확인하는 일이다. 엉덩이 개수를 논하기 전에 '엉덩이란 무엇인가?'라는 정체성을 묻는 일이며, 그렇게 서로를 알아가는 일이다.

내 나이 쉰을 향하던 가을, 실업급여를 신청하던 그날, 몸과 마음이 바닥이던 그 순간, 고용복지지원센터에서 진행하는 구직자 대상 1대 1 상담 프로그램이 눈에 들어왔다. 구직도 구직이지만 나를 챙기는 게 먼저여야 할 것 같았다. 평소에 별로 말이 없는 편인 데다가 앞이 보이지 않는 갑갑한 상황이 몇 달째 계속되면서 나를 방치한 바람에 입을 닫고 지내던 중이었다. 되도록 내가 아는 사람이 아닌 안전한 누군가에게 내 이야기를 하고 싶었다. 그래서 신청했다.

나는 내 이야기를 할 줄 모른다. 나는 나와의 대화도 어색하고 불편해서 낯설고 어렵다. 조용한 내가 그나마 떠들 때는 술기운을 빌릴 수 있는 술자리다. 거나한 취기 없이는 말할 줄 모르던 내게 상담은 나름 특별한 용기였다. 상담사 선생님과 주 1회 50분씩 10번을 만났다. 생전 처음으로 술

없이 맨정신으로 내 이야기를 했다. 상담을 마친 나는 취업 대신 공부와 운동을 선택했고 그러던 어느 날, 셋째 동생에게 전화가 왔다.

"언니, 나 일이 좀 있었어."

"그래? 무슨 일인데?"

"그때 하혈이 심해서 병원 간다고 했잖아."

"응, 다녀왔어? 병원에서 뭐래?"

"난소암이래."

"뭐?"

"전이가 많이 돼서 갑자기 응급으로 급하게 수술하고 일 주일 전에 퇴원했어."

"뭐?"

"엄마한테는 아직 얘기 못 했어."

"…"

"언니한테 처음으로 얘기하는 거야."

"…"

동생의 난소암은 3기 말이라고 했다. 난소는 물론 주변 장기에도 다 전이됐는데 수술은 깨끗하게 잘 됐다고 했다.

둘째 동생이 '뇌 수막종' 진단을 받은 지 1년 만이었다. 동생 둘이 차례로 암에 걸린 것이다. 눈앞이 캄캄했다. 동시에 내 가족력에 오래도록 생략되었던 다섯째 동생이 떠올랐다. 다섯째 동생의 병명은 조현병이다.

타고난 유전자일까? 질병을 유발하는 환경일까? 대화 또는 소통의 부재 상태인 관계를 들여다본다는 것은 어리석고 무모한 일이기도 하다. 중력에서는 서로 힘을 주고받는 입자를 보고 어떤 힘이 작용하는지를 알 수 있다. 반대로, 작용하는 힘을 보고 어떤 입자인지를 확인할 수도 있다. 주고받는 것이 눈에 보이지 않아서 알 수 없지만, 관계나 그에 따른 기억이라는 것도 그와 같지 않을까? 내 기억은 손상되었고 나는 그것만을 알 뿐이다. 그렇지만 손상당했다는 사실이 일려주는 것이 있다는 것을 안다. 나는 분명히 무슨 일을 경험했다는 것이다.

엄마도 나도 평균 수명이 길지 않았다면 적당히 살다가 죽었으리라. 갱년기를 맞은 나는 '아빠'와 '엄마', '동생들'을 통해 알게 된 나를 정리해서 두 딸에게 전해졌을 유전자의 반쪽을 알리고 싶었다. 원인을 묻는 것과 책임을 묻는 것은 다른 문제다. 이제 와서 어느 것 하나도 돌이킬 수는 없지만, 유년의 그때를 똑바로 바라볼 수는 있다. 어쩌면 단지 그저 바라본다는 것 자체가 지금 내가 할 수 있는 무언가일지도 모른다. 아니, 그게 다. 나 혼자서 감당해야 하는 일이라는 것도 안다. 나에게 그때의 나를 응시할 힘이 있는지 알고 싶은 것이다. 내가 만나고 싶은 나는 거기에 있으니까.

중독은 가족 질환이다. 아빠의 알코올 중독과 엄마의 '알 수 없음'은 궁합이 좋았다. 비밀투성이 아니, 거짓을 정리하면 좋으려나. 엄마에 대한 불신은 뿌리 깊다. 솔직할 줄 모르고 진심을 나누지 못하는, 친밀감이 결여된 관계의 거리 두기가 그렇다. 말로는 배 아파 낳은 자식을 사랑한다고 했지만 사실상 방치했다. 사랑한다는 엄마의 '사랑'을 영혼 없음으로 이해한 내 오랜 상처이기도 하다.

엄마는 고통스러울 정도로 괴롭거나 일이 뜻대로 되지 않아서 실망스러운 순간이 생기면 그것을 덮어버리는 방법을 사용했다. 많은 아이를 낳고 키우는 일도 그랬다. 지속적인 임신 상태를 유지하며 아빠와의 사랑을 확인했다. 부모는 아이를 낳기만 하고 제대로 돌보지 않았다. 혼란과 무질서는 태어난 아이들의 몫이었다. 엄마는 정확한 이야기를 피했다. 딸 이름도 제대로 부르지 않았다.

내게 이차 성징이 찾아와서 몸의 변화에 대해 질문하면 학교에 가서 선생님께 물어보라고 했다. 내가 큰딸을 낳고 젖몸살이 심했을 때도 왜 알려주지 않았냐고 물으니 그런 걸 뭘 알려주냐고 했다. 집안 문제는 숨기고 감추기 급급했고 부인하기 일쑤였다. 무지였을까? 아는 것이 없기에 그저 티 없이 맑다고 해야 할까? 아무것도 모르니까 지은 죄도 깨닫지 못했다. 용하다는 점쟁이까지 찾아가서 아들임을 확인하고 낳은 다섯째가 딸인 걸 안 순간 갓난애도 안 보고 돌아누웠다고 했다. '엄마가 얼마나 속상했을까'를 이해하기는 힘들다. 다섯째 동생은 사춘기를 지나면서 발병했다.

나는 엄마라는 존재 앞에서 오래 서성거렸다. 엄마의 알 수 없는 모성은 나를 고민하게 했고 어느 순간엔가 단순한 성격 문제가 아님을 감지했다. 내가 쓰고 싶은 엄마는 '내 엄마'라기보다는 '내 안의 엄마'다. 내 기억 속 엄마와 네 유전자에 각인된 엄마와 실제 엄마는 다를 것이다. 나는 내가 인지한 어떤 진실의 폭로와 끊임없이 싸운다. 시도한 적은 없지만 내 마음의 모든 것을 다른 사람에게 털어놓는 순간, 유지할 수 있는 관계란 남아 있지 않을 것이다. 나는 내 안에 일어나는 온갖 것들을 적당히 걸러낸 채 타인을 대한다. 아무리 가까운 사람에게도 내 모든 기억과 감정과 생각을 전부 다 말할 수는 없다. 어떤 것들은 스스로 감내하며 참고 견뎌야 한다. 혹은 잊히거나 지나가게 두어야 한다.

미영의 마더

엄마는 어떤 사람일까?

엄마와 문답을 나누며 녹음이 진행되는 동안의 나는 최대한 가만히 들으려고 노력했다. 엄마도 엄마의 생각이 있다는 것을 안다. 그리고 엄마의 생각에 의문을 품고 대화를 나눴다가는 탈이 난다는 것도 안다. 나는 엄마의 생각을 듣기만 하는 것도 나름의 의미가 있다고 생각했다. 엄마는 편안한 미소를 지으며 여유롭게 답을 하셨다.

1. 엄마의 어머니는?

우리 엄마는 그저 착하기만 하고 남한테 베푸는 거 좋아하고 뭐든지 있으면 다 갖다 줘서 아버지하고 맨날 싸웠어. 거지들이 와도 물이라도 먹여야 한다면서 밥 없으면 누룽지라도 먹여 보낸다고 대문 밖에 서 있는 사람한테 막 갖다 줘, 퍼다 줘, 그래야 산다고.

엄마는 제일 친한 관계야. 포근하고 무엇이든지 편안한 제일 가까운 사이라는 것만 생각해서 조심스러운 것도 없고 그냥 편한 사이지. 내가 엄마를 좋아한 만큼 엄마도 나를 좋아했어. 사랑해 줬으니까. 미움받을 짓을 안 했다고 봐야지. 내가 잘 했으니까. 내가 생각해도 누구한테든지 떳떳하게 얘기할 만하게 했어. 속 썩이고 일부러 엄마를 애먹인 거는 없어.

2. 엄마의 아버지는?

아버지는 나를 굉장히 사랑하셨기 때문에 좋아했어. 언니는 아버지를 무서워하고 거리를 뒀는데 나는 아버지가 화나셔서 뭐라고 해도 옆에 가서 등허리 두드려 줄 정도로 스킨십 하면서 "아버지 좀 참으시면 안 돼요?" 했던 것 같아. 그러면 나한테 화내다가 한 대 때릴 것같이 했다가도 안 때리고 가만뒀지. 아버지 앞으로 다가가서 한 대 맞더라도 설마 때리랴, 이런 식으로 자신 있게 그랬어. 커서도 아버지가 외국에 갔다 오시면 초콜릿 같은 좋아하는 간식을 많이 갖고 오셨거든. 그러면 뒀다가 슬쩍슬쩍 딴 사람들 안 볼 때 꺼내 줬어. 그래서 정이 더 있었을지도 몰라.

멋지게 높은 자리에서 훌륭한 생활을 해서 이름 좀 떨치고 살았으면 좋았을 텐데 못하고서 한세상 지내셨다는 게 안타깝지. 위신으로 보나 하시는 걸로 봐서는 그럴 만도 한데 직책은 조금씩 가졌어도 크게 빛냈으면 하는 바람이 안 되고 늙었지.

3. 엄마의 어린 시절은?

활발하게 잘 놀았던 것이 생각나. 일곱 살 때 혼자서 산 너머 학교에 가고 길 잃었어도 사람들한테 물어본 게 잘했다고 생각이 들어. 내가 스스로 해결했다는 게 좋아. 친구들 좋아했고 혼자 있는 거 싫어했고 누구네로 가지 않으면 누구를 불러서 같이 놀고 꼬맹이라도 데리고 놀고 그랬지. 내가 사람을 좋아한 거지. 가족이랑은 항상 같이 사는 줄 알았어. 따로 헤어지는지 모르고 맨날 똑같이 사는 줄 알았지.

4. 엄마가 생각하는 남자는?

남자들이 다 그렇지 뭐, 별거 아니면서도 잘난 척하고 휘적대는 거 자신감 있게. 누구나 남자라면 비슷하게들 사는 것 같더라고. 멋지고 남자답고 솔직하고 카리스마 있으면서 당당한 남자가 좋고, 대책 없이 여자를 이용하려는 것은 안 좋지.

5. 엄마가 생각하는 여자는?

남편한테 사랑을 받든 즐거움을 찾든 자기가 하기 나름이라고 봐.

6. 엄마가 생각하는 결혼은?

시작할 때부터 새로운 그런 인생, 삶이 바뀌어서 살았던 것 같아. 모든 게 새롭게 이루어져서 살았으니까

7. 엄마의 야망은?

뭐든지 좋은 거는 다 해보고 싶은 욕심이 많아. 지식이 없어서 못 하는 게 많지만, 누구보다 뒤지지 않게 알아주는 생활을 해봤으면 하는 게 야망이라고 봐야지.

8. 엄마의 두려움은?

갑자기 아플까 봐 두렵지. 너희들한테 짐 안 되게 조용하게 혼자 해결할 수 있는 만큼만 아프다가 추한 꼴 보이지 말고 곱게 죽고 싶어.

9. 엄마가 가장 하고 싶은 일은?

아프지 않게 건강만 해준다면 지금처럼 다니면서 맛있는 거 먹고 좋은 친구들하고 즐기는 거 좋고, 너희들이 즐겁게 해주는 거에서 행복하고 그래.

미영의 마더

10. 엄마가 가장 좋아하는 사람은?

솔직하고 나하고 잘 맞는, 내 생각을 많이 이해해주는 사람, 마음이 잘 통하는 사람, 말을 해도 내 마음에 들게 하고 내가 생각하는 거를 빨리빨리 알아주는 친구가 좋지.

비록 문답의 형식이었지만 어쩌면 처음으로 엄마와 긴 시간 동안 대화를 나눌 수 있었다. 47분간의 녹음을 마친 엄마는 다시 들어보고 싶다면서 상기된 표정으로 흐뭇해했다. 나름 신선한 경험이었다. 웃으며 아무렇지 않은 척 방어막을 치는 귀여운 엄마를 만났다고 해야 할까?

"네 할머니는 자식을 낳기만 했지 키우질 않았어. 학교 보낼 생각도 안 했어. 내가 취학통지서 나온 거 찾아서 들고 혼자 갔다니까. 산을 몇 개 넘어갔는데 올 때는 길을 잃어서 동네 사람한테 물어보면서 왔어."

인터뷰 전까지도 할머니에 대해 평소에 하지 않던 표현을 했던 엄마가 녹음기 앞에서는 다르게 말했다. 부정적인 질문에는 잘 생각나지 않는다며 응답을 피했고 구체적인 답을 해야 하는 질문은 뭉뚱그려서 에둘러 비켜났다. 여자와 남자는 같이 지내는 것이 자연스럽고 좋은 일이라고 생각하는 엄마의 관점에서 나는 이혼이라는 불효를 저질렀다. 내 이혼에 대한 엄마의 단호함은 많은 생각을 하게 했다. 엄마에게 효도하려면 나는 결혼 생활을 유지했어야 했다. 내 불행이 엄마에게 효도가 되는 불일치와 모순을 어떻게 설명하면 좋을까? 이것은 해결 자체가 불가능한 문제다. 엄마와 싸워서 될 일이 아닌 것이다.

거슬러 올라가 엄마와 나의 채워지지 않은 첫 번째 단추를 찾았다. 바로 '가정폭력'이다. 엄마는 인정하지 않는, 아니 언급조차 하지 않는 지점이지만, 엄마는 가정폭력 피해자다. 동시에 자녀를 방치한 가해자다. 잘잘못을 따지자는 것이 아니다. 사실을 말하는 것이다. 엄마는 '매 맞는 아내'였고, '사소한' 언어폭력으로 자녀를 양육한 엄마였다.

가정폭력이 가족의 위기를 가져오지는 않았다. 그저 반복적인 일상의 한 단면이었다. '경험한 것'과 '말하는 것' 사이의 틈을 좁히지 못하고 갈등하다가 끝내는 비밀로 끌어안고 살아온 자녀들이 하나씩 차례로 병들었을 뿐이다. 일어날 일은 일어난다.

부치지 않을 편지 쓰기

엄마!

엄마 이름이 '미영 엄마'였던 걸 오랜만에 기억했어.

어느새 벌써 팔순이네요. 축하해요, 엄마.

나는 그동안 엄마를 외면하느라 너무 바빠서 언제 쉰이 지났는지도 모르겠어.

엄마는 모르겠지만, 나랑 지내는 지난 2년 동안 난 내가 더 좋아졌어.

나를 소중하게 아끼고 보살필 수 있게 되면서 엄마에게 쌓인 감정들도 돌아봤어.

좋든 나쁘든 엄마는 엄마라는 사실, 나를 이 세상에 있게 한 존재라는 건 분명해요.

쉰이 넘어서야 겨우 알게 됐지만 감사해요. 내가 누군지 알게 되어서 기뻐요.

내가 엄마를 선택할 수는 없었지만, 지금의 관계는 온전히 내 선택이라는 걸 알아요.

건강한 사람, 닮고 싶은 사람, 함께 성장할 사람을 찾고 싶은 이유이기도 해요.

운이 좋게도 내가 선택한 좋은 어른들과 가까이에서 함께 살고 있어요.

그분들을 의지하고 지내면서 알게 됐어. 내가 원한 선 안심한 둥지였다는 것을.

기억할 수 없는 어린 시절부터 알 수 없는 상태로 이러지도 저러지도 못한 채로, 성인이 되어선 술에 취해 오래 떠돌았어. 나는 기억에서 사라진 그때가 알고 싶기도 했지만 실은 '사라진 기억을 찾고 싶은 나'를 알아주고 싶었어. 내가 그걸 할 수 있는지 알고 싶었다고 해야 할까.

구멍 난 기억이 소중해서가 아니라 내가 진짜로 원하는 걸 할 수 있는 상태인지가 궁금했던 거야. 나는 스스로 나를 책임질 수 있기를 원했고, 그게 자유고 진정한 독립이라고 여겼으니까.

나는 나를 직접 확인하고 싶었어.

그 길에서 만난 엄마에게 화가 났고 그래서 외면 혹은 회피라는 방식으로 화를 표현했고 그런 나를 지켜보면서 불편해하는 나를 견뎠고 나는 그런 내가 더 좋아졌어.

내가 하고 싶었던 건 '화를 내는 것'이었어.

미영의 마더

참지 말고 드러내는 거였고, 문제가 있다면 누구의 과제인지 분리하는 거였어. 냉정하게 선을 긋고 나 아닌 것들을 구분하고 싶었어.

답 없이 멍하니 휘둘리거나 감정에 휩쓸려 사로잡히고 싶지 않았어.

엄마가 낳은 딸이 엄마가 아는 행복의 기준에 맞춰서 살기를 바랐다는 걸 알아.

내 머리카락도, 귀걸이도 남편의 허락을 받아서 자르거나 뚫어야 하고, 엄마처럼 아들을 낳아야 하고, 이혼은 절대 불가하고, 사별해도 수절해야 하는 것들 같은.

아무리 시대가 바뀌고 세상이 변했어도 엄마는 아무 상관이 없었다는 것도.

아빠의 폭력에서 엄마를 구하려던 내 얘길 거절한 거.

내 딸을 예뻐할 줄 몰랐고 아들 낳으라고 했던 거.

내 이혼을 반대한 거.

내가 원하는 걸 인정하지 않았던 것들에 대한 오래된 화가 있었어.

내가 정말로 원하는 건 내가 원하는 게 뭔지를 아는 거지 엄마를 미워하는 게 아니야. 나는 내가 엄마의 사랑을 원한다는 걸 알기를 바랐고 그때가 오기를 기도했어. 내가 어떻게 하면 엄마를 사랑할 수 있을지 고민하고 공부했어.

난 엄마를 원망하기 위해 태어난 게 아니고 엄마의 사랑을 받고 엄마를 사랑하기 위해 태어난 선물이라는 걸 아니까. 우리가 만난 건 우연한 기적이라는 걸 아니까.

나는 엄마를 좋아하고 싶었고, 사랑한다고 말하고 싶었고, 의지하고 싶었어.

아픈 동생들을 마음으로 챙기는 동안 내 딸에게 좋은 엄마이고 싶던 것도 기억했어.

내 딸들이 커버린 뒤에야 그럴 시간이 간절했던 거야. 엄마를 받아들일 시간이. 내가 원하는 건 엄마라는 걸 진심으로 깨닫게 될 시간이.

그래서 엄마를 충분히 미워하고 원망하고 분노할 시간이 절실했어.

누구나 사랑한다는 부모를 나는 왜 사랑할 줄 모르는지 아니, 왜 시도조차 하지 않는지를 고민하는 그 괴로움에 힘들었어.

남들이 한다고 나도 되는 게 아니어서 내 방식으로 풀어야 했고, 그게 지금껏 떠돈 이유야.

미영의 마더

내가 알게 된 나를 내 방식으로 소화할 시간이 필요했어. 관계의 카드는 내가 쥐고 있다는 걸 확인하고 싶었거든.

나는 나에게 시간을 주고 기다려줬어.

종일 잠을 자든 밖을 나돌든 누굴 만나든, 무엇도 할 수 있게 내버려두고 싶었는지도 몰라.

과거에 빠져서 우울하거나 미래에 빠져서 불안하기도 했고, 솔직해지고 싶다며 다 떠드는 어리석음도, 나만 돌보며 챙기는 유치함도, 모두 다 그대로 지켜봤어.

덮어둔 상처들을 들춰서 바라보고 정리하면서 나만의 방식으로 화를 내는 시간이었어.

오래 걸리면서 알게 된 건, 단번에 바뀌는 건 하나도 없다는 거였어.

쉽게 벗어날 수 없다는 것도 알아. 반복적이고 장기적으로 벌어진 파괴의 흔적들이라는 것도.

감당하지 못해서 무기력하거나 관계를 피해서 숨거나 도망칠지도 모르지. 하지만 이제는 엄마를 원망하는 대신 나를 새롭게 돌보면서 살고 싶어.

내가 엄마하고만 대화가 어려운 게 아니더라고.

예민하고 까다롭고 뒤죽박죽 변덕스러워서 누군가 곁에 두

기도, 가까이 머물기도 쉽지 않아. 혼자 지내면서 새삼 알게
됐어.

과거를 과거로 머물게 하고 싶어.
지나간 일이라고 이야기할 수 있게. 스치듯 지나칠 수 있는
기억으로 말이야.
어떤 기억도 울먹거리거나 몸서리쳐지지 않게, 선명하지 않
은 흐릿함으로 떠올리고 싶어.
나는 건강한 사랑을 원했더라고. 괴롭고 힘들어서 아픈 사
랑 말고.

엄마 '때문에' 아프다고 생각했는데, 엄마 '덕분에' 건강을 알
게 됐어요.
내가 엄마를 충분히 미워할 수 있게 기다려줘서 고맙고, 무
탈하게 지내서서 정말 감사해요.
그리고 엄마, 진심으로 고마워요. 미워할 용기를 알려줘서.
곧 만나요, 우리.

내 화딱지'였던' 엄마

성인이 된 나는 아빠의 가정폭력으로부터 가족을 구하고 싶은 마음에 엄마랑 동생들 책임질 생각 같은 걸 아무렇지도 않게 하곤 했다. 사회생활을 일찍 시작해서인지 자신도 있었는데 엄마는 거절했다. 나는 엄마를 잘 안다고 생각했는데 실은 잘 몰랐고, 몰라서 살았고, 뭔가 알수록 힘들었고, 알고 나면 알기 전으로 돌아갈 수 없었고, 그러다 보니 점점 엄마와는 멀어졌다.

돌아보면 내 딸들이 성인이 되는 동안 줄곧 나는 못된

딸로 살았다. 아들 낳으라는 잔소리가 듣기 싫어서 화를 냈고 엄마 사는 모습을 어디에다가도 말하지 못하는 처지가 납납해서 싸증을 냈다. 하지만 내 화는 엄마가 아니었다. 나는 가부장제라는 종교를 받아들인 엄마의 숙명에 화가 난 거였다. 내 가장 깊은 곳에 있는 또 다른 나, 내 화딱지인 엄마를 떼어내기가 어려웠던 이유다.

내 안의 엄마를 써야겠다고 생각하게 된 시작은 딸들에 대한 미안함이었다. 결혼도 아이도 원치 않는다는 딸들의 말이 나 들으라고 하는 소리로 들려서 좋은 엄마이지 못한 변명이라도 하고 싶었다. 가족을 벗어나고 싶어 결혼을 선택한 나의 어리석음은 출산과 육아라는 돌이킬 수 없음으로 치달았고, 하나는 외롭다며 둘씩이나 대형사고를 저질렀다. 부끄러운 일이다.

엄마 이야기를 쓰려고 한 또 다른 이유는 갱년기를 맞은 자매들의 발병이다. 나는 가족력이라는 원한 적 없는 종합선물세트를 풀어보고 싶었다. 아빠의 당뇨, 엄마의 혈압, 자매들의 뇌 수막종과 난소암. 그리고 우리 가족의 오랜 비밀인 조현병까지. 내 오랜 우울의 끝을 보고 싶었다. 증상과 질병이 결코 유쾌할 수는 없다. 하지만 삶이라는 커다란 틀에서는 가족력은 하나의 현상이다. 피한다고 피해지면 피하는 게 좋겠지만 과연 누가 알 수 있겠는가? 피할 수 없다면 알아야 했다. 나는 딸에게 전해졌을 유전자의 반쪽을 알려주고 싶었다.

오래 갈등한 글이다. 쓰는 동안 많이 울었고 자주 아팠다. 그러다가 문득 깨달았다. 엄마가 답답한 것이 아니라 내가 답답한 거였구나…. 나는 하고 싶은 것이 있는데 그게 뭔지 잘 모르는 거였구나, 했다. 치유가 일어나려면 상처가 난 곳을 가리킬 수 있어야 한다고 했다. 어쩌면 나는 이제야 겨우 바라보게 되었는지도 모른다.

스스로 결정하고 선택한 나를 향하는 길에 〈마더 스토리〉 프로그램을 만났다. 낯가림 심한 나의 숨겨왔던 엄마를 향한 못됨이 봇물 터지듯 쏟아져 나왔다. 엄마를 외면하는 동안 미워하며 참았던 화를 원 없이 쏟아내었다. 함께여서 쓸 수 있었다. '이프북스'라는 안전한 곳이어서 가능했다고 생각한다. 8주 동안 함께한 분들께 깊은 감사의 인사를 전한다.

만옥의 마더

닮고 싶지 않았지만
끝끝내 닮아버린

스토리

엄마를
만나러 가는 날

　언젠가는 나의 엄마 이야기를 기록하고 싶었습니다. 우
리의 엄마라는 이름이 아니라 진짜 엄마의 이름을 찾게 해
주고 싶은 딸의 열망이 〈마더 스토리〉를 만나게 했습니다.
　. 　엄마의 딸로 50년을 살면서 엄마를 제대로 몰랐기에 엄
마의 노고勞苦를 한 번은 알아야 한다는 딸의 의무감도 작
용했습니다. 내 엄마를 기록하는 일은 매우 중요한 작업이
고 한 인간으로서 존재의 의미입니다.

어느 날 엄마에게 슬그머니 치매가 찾아왔습니다. 엄마의 기억이 흐려지기 전 엄마를 만나러 가는 날을 앞당겼습니다. 기억이 흐려진다고 해서 우리가 함께한 시간이 사라지는 건 아닙니다. 엄마를 통해 나의 조각난 날들을 다시 만나고 엄마의 흩어져 있던 조각들이 다시 채워지기를 바랍니다.

벌써 눈시울이 시린 건 엄마 이야기가 곧 내 이야기로 이어질 것을 알기 때문이겠지요. 〈마더 스토리〉는 딸이 엄마에게 엄마가 딸에게 건네는 이야기입니다.

세상에 나를 존재하게 하신 분 엄마라는 이름으로 불리는
유일한 한 사람
한없이 지혜를 주신 분
배려를 늘 그릇에 담게 하신 분
베풂의 즐거움을 알게 하신 분

그렇게 엄마를 만나러 가는 날이 시작되었습니다. 상처보다는 사랑이 더 많았습니다. 세상의 모든 엄마와 딸이 조금 더 행복해지기를 소망합니다.

개나리 처녀를 닮은 엄마의 인생

넻 해 선 미가 오는 닐 임마와 나는 치마 끝에서 이린지 런 얘기에 빠져들었던 적이 있었다.

"엄마는 언제가 제일 행복했어?"

느닷없는 질문에 엄마는 까던 콩을 하나둘 헤아리다 "글쎄다" 하며 콩을 두 줄로 나란히 세우기 시작했다. 줄도 맞추고 한 움큼 쥐어 놓기도 했다.

"행복했을 때 참 많았지, 첫딸을 낳고 엄마가 됐을 때, 아들을 낳았을 때, 마당에서 잔치할 때, 너희들 운동회 날, 막내가 대학 가던 날."

하나하나 기억을 끄집어냈다. 그 모습이 어찌나 소녀 같은지 순간 나는 막막한 가슴에 맺힌 눈물을 삼키느라 멀찍이 TV 보고 있는 내 딸을 불렀다.

하나하나 세월을 콩으로 세고 있는 나의 엄마. 지금은 정신이 많이 흐려졌지만, 여전히 엄마의 총기는 우리를 놀라게 한다.

5년 전 엄마의 팔순을 맞아 자식들이 한자리에 모였다. 다들 사느라 바쁜 핑계는 잠시 뒤로 미루고 전원 참석했다. 막내딸인 동생이 주선하고 모든 행사를 혼자 준비해냈다.

만옥의 마더

그런 막내가 있어 언니들은 매번 마음만 들고 간다. 이 기회에 우리 막내에게 고마움을 마음껏 전하고 싶기도 하다. 엄마가 좋아하는 꽃들로 수놓은 식탁, 엄마가 즐겨 드시는 갈비찜과 풍성하게 차려진 음식들, 커다랗고 탐스럽게 활짝 핀 연분홍 과꽃 나무가 가득한 잔치였다.

그날 딸들은 반성했다. 우리는 정작 엄마가 무엇을 좋아하는지 알지 못했으니까. 유난히 엄마의 고초를 다 알아내는 자식이 있다. 엄마의 막내인 내 동생이 그렇다. 분명 그 유산도 엄마에게서 받았을 텐데 나는 그렇지 못하다. 툴툴거리고 따지고 엄마의 기분 같은 건 생각하지 못하는 철없는 딸이다. 참 이기적인 딸임이 틀림없다.

엄마는 그날 기분이 매우 좋았다. 이렇게 자식들이 다 모인 때가 얼마 만이냐고 덩실덩실 춤까지 추고 자꾸 혼잣소리도 했다.

"여보 우리 애들 보여요? 당신도 여기 있으면 좋을 텐데, 왜 그렇게 먼저 갔나요, 이 좋은 세상 더 보고 갔어야 하는데."

아빠를 먼저 보낸 지 십 년이 훨씬 지났다. 엄마에게 아빠는 늘 그리운 존재이다. 젊었을 때도 한참 동안 떨어져야만 했고 시부모 눈치 보느라 알콩달콩 시절이 없었다. 뒤늦게 아빠의 병고를 3년 동안 혼자 해내셨다. 딸들에게 한 번도 아빠의 병시중을 들게 하지 않았다. 그것은 엄마 몫이라며 마지막까지 책임을 다하는 엄마였다. 외동딸인 엄마는 그래서 더 외로우셨으리라. 엄마는 먼저 가신 아빠가 얼마나 그리웠을까?

엄마는 종종 갑자기 노래를 불렀는데 그럴 때면 순간 적막이 지나갔고 우리는 엄마의 노래를 함께 들었다. 숙연해지기까지 했다. 구슬프고 애절한 엄마의 인생이 그 노래에 있었다.

개나리 우물가에 사랑 찾는 개나리 처녀
종달새가 울어 이팔청춘 봄이 가네
어허야 얼씨구 타는 가슴 요놈의 봄바람아
늘어진 버들가지 잡고서 탄식해도 낭군님
아니 오고 서산에 해 지네
석양을 바라보며 한숨 짓는 개나리 처녀
소쩍새가 울어 울어 내 얼굴에 주름지네
어허야 얼씨구 무정코나 지는 해 말 좀 해라
선황당 고개 넘어 소모는 저 목동아
가는 길 멀다 해도 내 품에 쉬려마

만옥의 마더

유일하게 부르는 엄마의 애창곡 '개나리 처녀'는 엄마를 닮아 있었다.

나는 엄마의 이런 느닷없는 모습이 참 좋다. 얼마나 당차게 살아내야 했을까? 하루가 멀다고 사건을 만들어냈을 우리, 그 수습을 위해 동분서주했을 엄마의 젊은 시절은 그야말로 수십 편의 영화였으리라. 때론 감독과 배우를 넘나들면서. 왁자지껄한 모습을 유난히 좋아하는 엄마의 특성은 바로 8남매의 좌충우돌의 힘이 아닌가 싶다.

엄마 이야기를 시작하며 "엄마에게 나는 어떤 딸일까?" 이게 더 궁금했다.

"우리 딸은 엄마에게 너무 자랑스러운 딸이지 잘해주지 못해서 그게 제일 마음이 아프고 늘 미안하고."

"뭐가 그렇게 미안해 엄마?"

딸은 이쁜 도둑이란다

엄마 집에 올 때마다 화장대를 이리저리 살피는 딸에게 엄마는 말했다.

"너 이 화장대 마음에 드는구나! 그럼 가져가렴."

"무슨 말이야, 엄마 이걸 왜 내가 가져가 엄마 화장대를."

나는 화들짝 놀랐다. 그럴 마음이 전혀 없었는데… 정말이다. 하지만 엄마는 다시 말한다. "가져가 우리 손녀 줘라." 저번에도 내가 그랬단다. 이런 미니 화장대를 딸에게 하나 사줘야겠다고, 헉! 정말 딸은 도둑이 맞다. 자의 반 타의 반 급기야 엄마의 화장대를 차에 싣고 왔다.

엄마의 물건 중에는 유독 내 마음에 드는 게 참 많다. 스카프, 모자, 홑이불, 베개 커버 유행에 뒤처진 것들인데 유독 내 마음에 끌리는 건 엄마의 체취를 맡고 싶어서일까? 아직도 엄마의 냄새가 그리워서일까? 다른 형제보다 훨씬 어린 나이에 엄마와 떨어져 보내야 했던 유년 시절의 결핍이 나를 서성이게 하는 건 아닐까? 가끔 엄마의 스카프를 두르고 나온 날에는 불안이 조금 덜해지는 느낌도 받는 걸 보면 말이다.

엄마의 물건을 가만히 들여다보면 그 속에 나도 보인다. 엄마 치마폭에 숨어 부끄러워했던 아이. 엄마의 냄새가 좋아 가슴팍으로 파고들었던 어린 나. 흐릿한 기억 속 엄마의 물건들은 잊힌 책갈피 속 색 바랜 네잎클로버를 닮았다.

그중에 마당 안쪽 창고에 덩그러니 놓여 있는 재봉틀은 늘 궁금한 물건 중의 하나였다. 하지만 내 기억에 그 재봉틀은 존재하지 않는다. 언니는 뭔가 알고 기억하고 있었다.

"엄마가 얼마나 아꼈던 건데 매일 기름칠하고 닦고 문지르고 아마 엄마에게 저 재봉틀은 안식처가 아니었을까?"

그제야 나는 보였다. 작고 까만 재봉틀이 엄마가 유일하게 쉴 수 있는 장소가 그곳이었을 거라는 것을. 재봉틀을 밟으며 엄마는 큰며느리의 고단함을 달래고 가사의 힘겨움을 이겨냈으리라. 엄마는 우리 자매들의 옷을 모두 만들어 입혔다고 한다.

드르륵 재봉틀을 돌려 꼬까옷 하나씩 선사하며 행복해했을 우리 엄마. 성향이 제각각인 딸들의 비위를 맞추느라 진땀 흘렸을 엄마는 옷 입혀 나란히 세워두고 보는 게 낙이었다 한다. 참 이뻤다고 우리 새끼들이.

그러니 재봉틀은 엄마의 젊은 시절과 추억과 보물이 고스란히 담겨 있겠지.

어릴 적 햇빛 좋은 날 할머니는 삶은 하얀 베갯잇을 마당에 툭툭 털어 빨랫줄에 널며 "네 엄마는 참 솜씨가 좋다. 엄마한테 잘해야 한다"라고 말씀했다. 그때는 우리 할머니가 무슨 말을 하는지 도통 몰랐는데 철이 들어가며 알았다. 할머니의 마음이 얼마나 깊고도 따뜻했는지. 표현은 쉽게 못했지만 같은 여자로 며느리를 바라보는 할머니의 애처로움이 그대로 담아내었던 말로 해석이 된다. 며느리와 시어머니의 관계는 보는 사람에 따라 차이가 확연하다. 우리는 할머니의 사랑을 철철 넘치게 받고 자랐고 으레 할머니의 정다움을 기억하는데 엄마는 좀 다른가 보다.

"너희들에겐 할머니가 최고였지!"

툭 던지는 엄마의 혼잣말에 잠시 우린 침묵할 때도 있었던 것처럼. 보이는 것만으로 다 안다고 말할 수 있는 사람은 세상 아무 곳에도 없다는 것을 아는 나이가 되었다.

하얀 홑이불을 펼치고 수놓으려 할 때면 하나, 둘 이불 위로 쪼르르 달려들어 엄마를 애먹였던 우리들. 뭐가 그리 좋아 재잘재잘 친구들보다 자매끼리 더 친했던 우리들. 복작복작 시끄럽지만, 당연히 동생들을 돌보는 질서를 세워준 부모님 덕분에 우애가 깊은 형제들이란 소리를 여전히 듣고 있으니 우리 엄마는 참 대단하다.

그 재봉틀이 그대로 있다면 여든 살은 족히 넘었으리라. 몇 해 전 전국을 돌아다니며 골동품을 수집해간다는 뉴스도 봤고 동네 누가 꼭 필요하다며 가져갔다는 얘기도 들리긴 했지만, 엄마의 애지중지하던 보물은 지금 어디에도 보이지 않는다.

흔적도 없이 사라진 재봉틀. 엄마의 한도 가져갔을까?

손이 많이 가야만 했던 아이들이 크는 세월 속에 엄마의 고왔던 손에 관절염이라는 흔적을 훈장처럼 달아 놓기도 했다.

오른쪽 두 번째 손가락 검지. 언제부턴가 손가락이 아프다고 한다. 그냥 흘려들었다. 엄마가 일을 너무 많이 하니까 그렇지, 그만 좀 하라고 쏘아붙이기만 했다. 굽어버린 엄마의 손가락을 볼 때마다 제때 챙기지 못한 죄스러움만 커진다.

여전히 엄마는 아랑곳하지 않고 부지런하다. 깔끔하고 반듯한 성격에 가만히 있지를 못하는 성격이다. 김치를 담그고 쑥떡을 만들고 마늘을 까고 빻아 딸들에게 보낸다.

그래서일까. 엄마의 집 마당 옆에는 작고 예쁜 엄마의 정원이 잘 가꿔져 있다.

살뜰하게 엄마를 닮은 정원! 엄마가 하루를 시작하는 곳이다. 작은 꽃밭이라 부르기도 하고 텃밭이라 불리는 곳이기도 하다.

엄마의 꽃밭이자 텃밭은 사계절마다 모두 다른 옷을 입는다. 또다시 엄마의 부지런한 손은 쉬지 못한다. 우리는 이곳을 엄마의 정원이라 명명했다. 자식들이 모두 짝을 찾아 떠난 자리 이곳이 엄마의 유일한 즐거움이 되었다.

엄마의 정원은 새색시 볼 마냥 핑크빛이 도는 철쭉을 시작으로 펼쳐진다. 짙은 향이 풍기는 잔가지 많은 라일락 나무, 울타리를 가득 메운 알 수 없는 들꽃들이 엄마를 지켜주고 있다. 넘나는 꽃들과 얘기하는 걸 무척 좋아한다.

울긋불긋 제각각 이쁨을 뽐내는 꽃들과 많은 시간을 보낸다. 얘는 이래서 이쁘고 저 아이는 저래서 이쁘고 얼마나 이쁘냐 한다. 엄마가 시집올 때 타고 온 꽃가마가 이런 색이 아니었을까?

엄마의 정원에도 엄마의 물건에도 수줍던 새색시의 연분홍빛 향기가 난다.

집에 가져온 엄마의 화장대는 딸 방 한쪽에 자리를 차지하고 있다. 딸의 방을 오갈 때마다 마주하게 될 엄마의 물건에 더 정이 가는 중이다. 단발머리의 수줍던 소녀가 지금 똑같은 모습의 손녀와 시간을 거슬러 한곳에서 조우하는 것 같다.

사진 속 엄마 이야기 - 흑백사진 vs 카카오톡

내가 기억하는 엄마의 사진은 열여덟 살 양 갈래 소녀의 흑백사진이다.

만옥의 마더

"와! 우리 엄마 정말 예뻤네~."

딸의 환호에 환하게 웃으시던 엄마의 모습이 선하다.

몇 해 전까지 보였던 사진은 온데간데없지만 수줍은 엄마의 미소와 또렷한 눈망울은 아직도 선명히 나의 가슴에 담겨 있다.

〈마더 스토리〉 프로그램에서 '사진으로 보는 우리 엄마' 시간이 있어 엄마의 사진을 찾아보는데 정작 내 휴대전화에 저장된 사진은 몇 장 되지 않았다. 가족 단톡으로 가봤다. 그곳에서 엄마의 사진을 찾기는 쉬웠다. 아빠와 나란히 손잡고 찍힌 사진, 손자들에게 둘러싸인 엄마, 졸업식에 해마다 등장하는 꽃다발의 엄마, 잔칫날의 미소를 띤 엄마, 여행지에서 한가로이 걷고 있는 엄마, 딸들이 찍어주는 사진 속 엄마는 계속 업데이트 중이었다.

그 사진 중 유독 나의 시선이 머무는 사진은 막내딸과 나란히 걷는 사진이었다. 서로 팔을 꼭 껴안고 걷는 뒷모습의 엄마와 동생. 그냥 보고만 있어도 엄마와 딸의 다정스러움과 포근함이 느껴졌다. 나는 왜 이 사진에 눈길이 갔을까? 많은 사진 중에 이 사진이 계속 나의 기억에 남아 있다.

지금부터 사진으로 마음 보기를 한번 해보기로 한다.

먼저 이 사진에서 마음에 드는 점 세 가지를 찾아봤다.

첫 번째는 엄마 옆에 동생이 있어서 참 다행이라고 생각했고, 두 번째는 사진이 정말 포토그라피의 작품 같은 것이고 세 번째는 '임마는 좋겠나, 이런 막내딸이 있어서'. 이렇게 세 가지를 후다닥 써놓고 한참을 더 바라보았다.

순간 동생한테 미안한 마음이 제일 먼저 들었다. 엄마 옆에 가까이 산다는 핑계로 늘 짐을 지게 했구나! 사진 속 동생의 모습은 많은 이야기를 하고 있었다. 엄마는 동생에게 의지하고 있고 동생은 당연한 듯 엄마를 돌보고 있는 모습이 보였다. 사진 속 엄마와 동생은 서로 믿고 있었다. 나는 사진 속에서 부러움과 고마움을 동시에 느꼈다. 엄마와 붙어 있는 동생의 모습이 나는 부러웠다.

나는 열 살 때 부모님과 떨어져야만 했다. 학업을 위해 서울로 유학을 와야 했고 집안 사정은 어려웠다고 한다. 나의 유학은 엄마의 결단이었고 또 서울에 미리 자리를 잡은 언니들 덕분에 나는 어렵지 않게 그럭저럭 적응한 것 같았다. 그렇지만 나는 유년기를 엄마와 함께하지 못했다. 사춘기가 뭔지도 모르고 친구들 틈바구니에서 서울 사람이 되었다. 그래서 나의 고향은 부모님의 고향인가 서울인가 가끔 헷갈린다. 나는 늘 뭔가 허한 외로움이 있었다. 소외감이랄까 친정

만옥의 마더

집에 오면 하루는 잘 견딘다. 하지만 이틀 사흘을 함께하는 건 어려워진다. 내 안의 외로움이 스멀스멀 올라오기 때문이다. 가족들과 같이 한 공간에 있는데 유독 나만 덩그러니 떨어져 있는 기분을 맛보게 된다. 사진 속의 부러움은 아마도 어릴 적 나의 결핍과 무관하지 않겠지. 동생은 내가 갖지 못하는 친밀함에, 어느 누구든 포용할 수 있는 넓은 아량의 늘 언니 같기만 하다. 사진은 그런 나를 다독이는 듯하다. 내가 빠져 있지만 '괜찮아 괜찮아' 하며 순간 나의 마음이 일렁였다.

다정한 사진 속 엄마의 기도와 나는 마주했다. 열 살의 어린 나를 떠나보내야만 했던 엄마의 가슴 시렸던 상황에서 나만 몸부림친 게 아니고 엄마도 그랬음을 나는 알았다. 소외된 내 빈자리만큼 외로웠을 엄마 또한 평생 한이 되었음을 이해했다.

나를 보면 늘 미안한 것 천지라고 말씀하셨던 이유가 여기 있었구나. 혼잣말처럼, 잘 지내는지 마음 다치진 않는지 하루하루가 편할 날이 없었다고, 애간장이 녹았다고 했다. 나는 서러웠다. 왜 나만 일찍 멀리 떠나보냈냐고 따지듯이 엄마를 몰아세웠다. 내 나이 마흔이 넘어서야 가슴에 묻어두었던 서러움을 용기 내어 꺼내놓았다.

"엄마가 나를 버렸잖아. 내가 가기 싫다고 안 간다고 목놓아 울었는데 엄마는 나를 버스에 태웠잖아."

잊었다고 모른다고 나는 그런 거 없다고 생각했는데 아니었다. 네 인의 아니가 부없이 울렸음을 아는 데는 시간이 필요했나 보다. 묻어두기에는 너무 아팠다. 엄마도 나도 한번은 꺼내야 할 과제였다. 가슴에 응어리는 어떻게든 풀어내야 하듯이 우리는 긴 밤을 함께 보냈다. 엄마도 울고 나도 울었다. 엄마의 울음을 한 번도 본 적이 없던 나는 엄마를 뜨겁게 안을 수 있었다. 엄마 품에서 나는 편안함을 느꼈다.

동생과 엄마의 뒷모습이 담긴 이 사진은 나를 어른이 되게 데려다주기도 하고 자꾸 말을 건넨다. 같이 가자고 어서 따라오라고 앞모습이 아니고 뒷모습인 이유는 거침없이 나아가라고 난관이 있지만 한발 한발 걸어가라. 가슴속에 그만 묻어두라는 메아리가 자꾸만 들린다.

"걱정하지 마! 뒤에서 나도 잘 따라가는 중이야. 엄마가 앞에 있으니까 난 이제 두렵지 않아. 무섭지 않아."

내가 잘 따라오도록 먼저 길을 터주고 있는 엄마의 뒷모습은 모성이었다.

사진 한 장이 내 열 살의 기억을 찾아내고 치유하는 장면이 되었다. 마음을 본다는 건 어려운 일이다. 어쩌면 더 아플수 있다는 걸 알기에 외면했는지도 모른다. 하지만 용기가 때로는 상처를 아물게도 한다는 걸 아는 나이가 돼보니 열 살에 닫아버렸던 마음의 문이 해제되었다.

그렇게 나는 상처받은 엄마 아니 어쩌면 어린 나와 화해가 되었다.

같은 사진에 제목을 붙여본다. "엄마, 조금만 힘내요!"라고.

요즘 엄마는 많은 기억이 희미해지고 있다. 하루에도 몇 번씩 했던 말을 반복하며 묻고 또 묻곤 하신다. 엄마는 치매에 걸렸고 최근 들어 병세가 짙어지고 있다. 안타깝기만 하다. 안방 한쪽 벽면에 붙여놓은 사진들을 보며 "얘는 누구지? 누구 아들이니? 보고 싶다. 왜 한번을 못 온다니" 하신다. 다녀간 지 얼마 되지 않았는데 자꾸만 기억이 흐려지는 거다. 사진 속 엄마의 환한 모습처럼 다시 기운을 내셨으면 좋겠다는 작은 바람을 하나 가져본다. 날씨가 따뜻해지면 엄마와 여행했던 제주의 오름을 다시 한번 오르고 싶다.

그때까지 엄마, 조금만 힘내 주세요! 나의 휴대전화에 꽉 차게 될 엄마와 나의 사진을 한껏 기대해본다.

당신이 나의 엄마여서 참 좋습니다

식탁에 놓여 있는 빨간 홍시를 보고 엄마가 묻는다.

"이게 뭐니, 색깔 참 이쁘다."

"엄마, 홍시야."

"엄마가 하나 먹어도 되니?"

"그럼 당연하지!"

나는 홍시를 반으로 잘라 엄마에게 내민다.

"정말 달고 맛나다. 너도 하나 먹어라" 하는 우리 엄마.

잠시 후 엄마는 다시 묻는다.

"이게 뭐니, 엄마 하나 먹어도 되니?"

분명 좀 전에 한 개 드셨는데 그사이 깜빡하고 또 한 개를 집어 든다.

지금 엄마는 시간 속 어딘가에 머물고 있다. 엄마만이 속한 세계에서 홀로 긴 여행을 하고 있는 듯하다. 얼마 전부터 엄마는 기억이 흐려지더니 자주 되묻기를 반복하곤 한다.

엄마의 그런 모습을 처음 겪었던 우리는 놀라움을 금치 못했다. 걱정과 불안이 엄습했다. 설마 우리 엄마가! 모두가 믿어지지 않은 일이라 충격이 컸다. 엄마의 치매는 진행 중이었고 우리는 자책했다. 누구 한 사람도 예상하지 못했기에 어리둥절해진 식구들은 적응하는데 긴 시간이 걸렸다. 정작 엄마는 얼마나 참담했을까?

어느 날은 아무 일도 일어나지 않았고 다른 하루는 기억을 놓았고 이튿날은 다시 잡기도 했다. 묻고 다시 되묻고 한 날은 하염없이 우울감이 깊어졌다. 엄마는 과거로 여행을 자주 떠났다. 특히 좋았던 기억을 하나하나 꺼내놓는다. 우리가 전혀 몰랐던 이야기를 그림동화 읽어주듯 이야기해준다. 엄마는 아침에 늑장 부리면 불호령이 떨어졌고 그날 숙제는 미루지 않고 끝내야만 했다. 그래서 난 엄마를 생각하면 항상 강하고 대범한 사람으로 기억한다.

집안에 곤란한 일이 생기면 척척 해결해냈고 아빠보다 엄마가 더 남자답다고 느낀 적이 많았다. 시대를 잘못 만나 엄마의 꿈을 펼치지 못하는 게 너무나 애석하다고 생각했던 적도 있었다.

연로하신 할아버지를 위해 방문차 들렀던 군수님에게 동네의 불편함을 전하고 답을 얻어냈다는 이야기는 두고두고 회자되기도 했단다. 그렇게 엄마는 나에게 크고 대단하기만 한 분이다. 호탕하고 여장부였던 엄마가 지금 이렇게 다른 모습을 보여준다.

예전에는 볼 수 없었던 세상 귀여우신 나의 엄마로 말이다. 세심히고 디징한 모습을 어니에 숨겨누고 있다가 짜잔 보여주는 걸까. 가만히 내 눈을 바라보며 "우리 딸 눈도 이렇게 크고 예쁘네" 하신다. 별로 안 큰데, 하고 웃었지만 그래도 나는 좋기만 했다. 엄마의 시간여행은 많은 것들을 우리에게 선사해준다. 자식들을 건사하랴 종갓집 큰 며느리로 살아가랴 늘 잔 다르크 같아야만 했던 시절의 노고를 알고 이 시간을 누리도록 신이 허락해주는 걸까? 어쩌면 지금 엄마는 이곳에서 머무는 열차에 잠시 쉼을 얻은 건지도 모른다.

전화벨이 울린다. 엄마는 다짜고짜 "너는 네 엄마가 궁금하지도 않니? 엄마가 살았는지 죽었는지, 엄마 죽으면 오려고 엄마보러 한 번을 안 오니?" 가슴이 철커덩하다가 이내 안심을 하기도 한다.

나는 하루에도 몇 번씩 엄마에게 똑같은 대답을 되풀이해준다. 처음 듣는 것, 마냥 반응하고 놀라고 어떻게 그럴 수 있냐며 맞장구를 쳐 준다. 처음에는 그러지 못했다. 엄마가 이해가 안 되고 답답하기만 했다. 몇 번을 묻는 거냐고 화를 냈고 속이 터진다는 시선으로 엄마를 쳐다봤다. 이제 엄마랑 속 깊은 얘기도 하고 다들 여유가 생겼는데 왜 지금 이러는 거냐고 야속하기만 했다. 좀 살 만해져서 엄마랑 행복할 일만 남았는데 하고.

수욕정이풍무대 樹欲靜而風不止
자욕양이친부대 子欲養而親不待

나무는 가만히 있으려고 하나 바람이 가만두지 않으며, 자식은 효도하고자 하나 부모는 기다려주지 않는다는 한시외전에 나오는 고사성어가 이리 마음을 흔들 줄이야.

부모의 시간은 나를 기다려주지 않고 내가 철들기를 애써 원하지 않는다. 철딱서니 없는 나는 이제야 부모라는 이름을 제대로 보게 되었다. 엄마를 향한 원망이 내가 나 자신에게 퍼붓는 화였다.

'그러지 말 걸 왜 그랬을까? 까칠이 무슨 벼슬이라고.'

엄마의 치매로 우리 가족은 많은 것을 바꿔야만 했다. 모두가 의료 지식을 쌓는 건 기본이었고 의사를 방불케 할 정도로 치매에 관련한 방대한 정보를 공유했다. 그중에 제일 먼저 한 일은 모두가 현실을 받아들이고 엄마를 이해하기였다. 에너지 넘치셨던 엄마가 갑자기 어린아이로 변해가는 안타까운 모습에 우리는 절망했지만, 엄마를 돌보는 일이 급선무였다. 엄마는 절대 당신이 살았던 곳을 떠날 분이 아니었다. 자식에게조차 부담을 주는 일은 생전에 없었던 우리 엄마는 아들 집도 딸 집도 마다하시고 엄마가 살던 집에서 그대로 살기로 했다. 우리는 당번을 정했다. 일주일에 한 번씩 돌아가며 엄마한테 가기로 했다. 이럴 때 자식 많은 게 얼마나 다행인지 모른다. 지금은 웃을 수 있지만 처음에 우리가 겪어야 했던 엄마의 치매는 아프고 눈물겨웠다.

엄마는 하루에도 수십 번을 넘게 손을 닦고 세수를 하고 방바닥을 쓸고 청소했다. 원래 깔끔한 분이라 그런지 더 했다. 다행스럽게 아직도 고마운 건 음식을 맛있게 먹는 엄마의 식성이었다. 엄마의 식성이 그대로여서 얼마나 감사한지 모른다.

엄마와 보내는 시간은 내게 많은 것을 주었다. 가지지 못한 '여유'를 선물로 받았고, 요리에 즐거움을 알게 하고 시간의 고마움을 다시금 일깨워주었다.

엄마의 무언의 가르침은 컸다. 특히 너그러움이었다. 나에게 너그러워지고 있는 나를 보게 된 것이다. 엄마를 이해해보려는 나와 침묵 속에 있는 나를 천천히 바라볼 힘이 생기게 되었다. 그런 내가 꽤 괜찮아 보였다.

만옥의 마더

엄마와 시간을 함께하며 나는 엄마가 주시는 유산을 하나씩 하나씩 저축하려고 한다. 앞으로 많은 보따리가 쌓이겠지. 살아가며 다시 까칠해질 때 한 보따리 풀어보고 또 풀어보고 하며 인생의 여정을 엄마와 함께하게 될 것이다.

엄마의 인생 요리

엄마는 나보다 키가 두 뼘이나 크다. 형제 중에서 제일 작은 나는 늘 불만이었다. 왜 언니들은 다 크고 나만 작은지 샘도 나고 화도 났다. 모든 게 다 엄마 때문이라고 하며 엄마를 원망했다. 나만 덜 주고 덜 먹이고 신경 안 썼다고 앙칼지게 대드는 아이였다고 한다. 나는 전혀 기억이 없다. 엄마는 크고 아빠는 작은데 나는 그런 아빠를 닮았다. 유독 나만이 아빠의 유전자를 받은 것이다. 세상 불공평하다고 따지는 아이였던 나.

엄마는 나의 딸인 손녀를 아주 예뻐한다. 손녀딸은 할머니에게 투덜거리지도 않고 상냥하고 예의 바르고 다정하게 얘기를 들어주며 할머니를 끔찍하게 챙긴다. 그런 손녀가 얼마나 예쁘고 사랑스러울까.

나는 엄마에게 그러질 못했다. 답답하면 그대로 쏘아붙이고 할 말 다 해서 어쩌다 남동생은 그런 나를 제지하기도 했다. "말 쫌 가려서 하라"라고. 그렇게 나는 철딱서니 없이 자랐다. 그래서일까, 지금도 엄마는 형제 중에 나를 제일 걱정한다. 신랑 밥은 해 먹이고 다니는지 애들은 잘 챙기는지 맨날 일하느라 바쁘기만 해서 제대로 하는 게 없을 거라고 언니들한테도 내 안부를 제일 많이 묻는다고 했다.

엄마 생각과 달리 나는 꽤 잘 살고 있다. 남편 굶기지도 않고 애들한테는 요리사 뺨치는 요리 실력으로 집에서 먹는 밥이 최고라고 치켜세우는 소리를 듣곤 한다. 왜냐하면 엄마는 인정하지 않지만 누가 뭐래도 나는 엄마의 음식 솜씨를 그대로 닮았기 때문이다. 어떤 때에는 나도 놀란다. 식당에서 먹는 밥보다 내가 차린 밥이 제일 맛있어서….

엄마의 손맛은 온 동네가 다 아는 사실이다. 김장하는 날에는 엄마가 제일 바쁜 날이다. 이 집 저 집에서 "이 정도면 됐다" 하는 엄마의 승인이 떨어져야 안심이 된다고 한다. 양념이 알맞게 잘 버무려졌는지를 맛봐주기 위해 출장을 다녔다는데 정말 우리 집 김장은 한해를 넘겨도 땅속 김장 맛을 유지했다. 입맛 까다롭다는 주변의 친구들도 감탄한 그 맛을 어찌 잊을 수 있을까. 엄마의 많은 재주 중에 음식 솜씨는

만옥의 마더

딸들에게 그대로 전수된 듯하다. 나도 손맛은 엄마를 닮았다. 얼마나 다행인지 모른다. 키 대신 음식 솜씨를 가져온 건 아무리 생각해도 잘한 일 같다. 우리 집에서는 작지만 밖에 나가 내 키가 작다고 생각한 적은 한 번도 없었다. 또래에서는 평균 키니까, 어릴 적 투정은 엄마에게 유일하게 부린 어리광이었던 것 같다. 언니들 틈바구니에 끼어 엄마를 차지하고 싶었던 샘 많았던 내가 보인다.

우리 집은 종갓집이라 행사가 많았다. 제사도 많았고 잔치도 많았다. 마당에선 늘 뭔가를 끓이고 부치고 지지고 무쳤다. 그중에서 나는 홍어회 무침을 좋아했다. 빨간 양념에 홍어, 미나리, 오이, 당근, 대파를 넣은 새콤달콤 쫄깃한 맛은 생각만 해도 군침이 돈다. 나에게 맛의 세계에 들어오게 한 음식이 홍어 무침이었다. 훌륭한 미각으로 인도해준 홍어 씨에게 감사할 뿐이다. 하지만 그 맛은 어디를 가도 찾을 수 없다.

그다음 좋아했던 음식이 고사리나물이다. 엄마는 파릇파릇 새순이 나는 초봄엔 어김없이 산에 올랐다. 고사리를 직접 따기 위해 아빠와 함께 소풍처럼 갔다. 고사리 따러 산에 오를 때 엄마는 행복한 얼굴이었다. 산을 좋아했던 엄마가 내 기억에도 살아 있다. 엄마와 갔던 집 앞 언덕 위의 소

나무가 많았던 낮은 산등성이가 그립다.

엄마의 노고와 정성으로 고사리는 햇볕에 잘 말려져 잔 칫날에 밥상에 올려졌다. 고사리나물은 특히 제삿날에 인기 가 좋다. 일찌감치 맛을 경험한 네 살 어린 조카까지 매번 치 열하게 눈치를 보며 자기 앞으로 밀어놓는다. 내 입에 맞는 음식에는 양보가 있을 수 없다. 우리는 그렇게 한바탕 요리 삼매경에 빠지고 만다. 야들야들하고 부드럽고 입맛을 돋우 는 데는 최고였다. 나는 고사리나물이 원래 이렇게 부드러운 줄 알았다. 엄마표만 먹어 본 나는 식당에서 내놓는 질긴 고 사리에 좀처럼 젓가락이 안 간다. 어디에서도 살 수가 없다. 새까맣고 가늘고 꼭 쥐면 부서질 것 같은 말린 고사리를 봉 지 봉지에 담아주었다. 이제는 그리운 우리의 추억으로만 남 아 있다.

엄마는 손이 컸다. 무엇을 해도 이걸로는 부족하다 하며 많은 양을 했다. 멀리서 오는 귀한 손님들에게 음식을 아끼 면 안 된다. 잘 먹이고 남으면 나눠주고 돌아갈 때는 빈손으 로 가게 하지 않았다. 손에 바리바리 들려주었다.

엄마의 행동 하나하나 따뜻한 말이 가르침이었다. 엄마 는 우리를 훈계하지 않았다. 그냥 보고 익히게 했다. 무언의 가르침이 우리를 서로 다독이며 살게 한 것 같다.

만옥의 마더

엄마는 치매 판정을 받고 일 년 사이에 많이 야위었다. 걷기를 좋아해서 매일같이 한 시간은 거뜬히 걸었던 엄마는 힘에 부친다며 잠깐의 산책만으로도 만족한다. 활달하고 사람들과 관계를 즐겼던 엄마는 활동 범위가 많이 줄어들었다. 여전히 엄마 집에는 사람들로 붐비고 있지만, 조심스레 걱정이 앞선다.

외동딸로 금이야 옥이야 외할머니에게 넘치는 사랑을 받고 자랐지만, 엄마는 종갓집 맏며느리였다. 안과 밖을 오가며 진두지휘해야만 했던 엄마는 이미 알았다.

맏며느리의 역할을 스스로 짊어졌을 나의 엄마. 80여 년 세월 동안 말 못 할 설움, 차마 꺼내보지도 못하고 가슴에 스며 있지나 않을까? 엄마의 요리는 고스란히 엄마의 인생을 닮아 있었다.

마음이 보이는 엄마의 편지

새집으로 이사했을 때의 일이다. 친정 식구들을 집들이에 초대했다. 엄마는 정성스럽게 시루떡을 해왔다. 금일봉과 함께 엄마의 편지가 들어 있었다.

사랑하는 나의 딸에게.

엄마가 이렇게 좋은데 우리 딸은 얼마나 좋을까. 엄마는 어
젯밤 한숨도 못 잤다. 엄마가 더 설레고 마냥 좋아서 말이다.
우리 사위가 너무 기특하고 자랑스러운지 고맙다 고맙다 자
꾸 혼잣말이 나오더라. 내 딸이 일하느라 제대로 챙기지도
못하는데 불평 하나 없는 사위에게 제일 고맙더라. 다 너를
이해해주고 사랑하니 가능한 거란다. 신랑한테 잘해라. 우
리 사위 같은 사람 없다. 알았지. 새집으로 이사한 걸 너무너
무 축하한다. 우리 딸 새집에서 더 행복하고 부자 되어라. 엄
마가.

부자 되라는 엄마의 말에 웃음이 터졌지만, 사실 나는 엄
마의 편지를 받고 감격했다. 다음 날 몰래 혼자 읽으며 코가
맹맹해지도록 울었다. 엄마의 진심이 그대로 묻어나는 편지
였다.

박사를 마치고 연구실을 오픈했을 때도 꽃다발 속에 엄
마의 편지는 들어 있었다.

엄마 딸 고생했다. 정말 애썼다. 엄마는 안쓰러웠던 적이 한
두 번이 아니었는데. 왜 사서 고생하냐고. 그렇게 말려도 너

는 꿋꿋이 해내더구나. 엄마는 우리 딸이 너무 자랑스럽다. 너라면 해낼 거라고 엄마는 믿고 또 믿었단다. 너의 이름대로 큰 숲에서 만개의 옥으로 사람들에게 불을 밝혀주어라. 사랑한다 우리 딸. 엄마가.

언제 이런 걸 준비하신 걸까. 반면 나는 엄마에게 편지를 써본 기억이 별로 없다. 고작 엄마 생일에 카드를 쓴 것밖에는 생각이 나지 않는다. "엄마 생일 축하해. 언제나 우리와 함께 해줘. 사랑하고 사랑해"라고 고민한 흔적은 일도 없는 간단한 카드 몇 장이 전부였다.

언니들은 나와 달랐다. 그걸 보면서 나는 '나까지 뭐' 늘 어린애 같은 마음이 먼저 들었던 것 같다. 가끔 나는 '왜 어릴 때 기억이 하나도 없을까? 도무지 생각나는 게 없어' 하고 언니들한테 묻곤 한다. 아마도 내가 어리다는 이유로 언니들은 뭐든 다 알아서 척척 해결해주었던 것 같다. 그래서 내 기억엔 특별한 이야기가 머무를 시간이 존재하지 않았나?

중2 때 첫 생리가 시작되었다. 친구 중에는 너무 놀라 펑펑 울었던 아이, 병에 걸려 이제 죽는다고 생각했다는 아이도 있었는데 나는 너무나 당연하게 받아들였다. 언니에게 교육을 미리 받은 덕분이었다. 이 글을 쓰면서 생각한다. 나라는 아이는 가족에게 참 많은 혜택을 받았구나.

'넌 동생이니까, 괜찮아. 언니들 있잖아. 걱정하지 마' 하며 시늉까지도 언니들은 나를 품고 있는데 나는 홀로인 것처럼 마음의 거리를 두고 있었다.

어른이지만 아직 열 살의 어린아이에 머물러 있었던 나.

'이런 나를 엄마는 읽어냈구나. 일찌감치 여리디여리게 품고 있었을 딸의 마음을 알고도 남았구나! 그래서 나를 보는 엄마의 눈빛이 슬펐구나' 평생 애처로워했을 엄마를 이제야 마음으로 보니 잘 보인다.

든든한 안전 기지가 있는데도 내 안의 불안이 더 커 차마 볼 수 없었다고 변명이라도 해야겠다.

엄마와 나는 이별을 준비하는 중입니다

"너희 아빠는 뭐가 그리 바빠 엄마를 데리러 오지 않는지 모르겠다."

엄마가 혼잣말로 내뱉는 말에 나는 화들짝 놀란다.

요즘 들어 부쩍 아빠 얘기를 꺼내고 계신다.

"왜 그리 아빠는 빨리 갔는지 모르겠다. 그곳이 뭐가 좋다고 무심한 양반…"

엄마는 지금 무슨 생각을 하는 중일까? 이렇게 불쑥 던지는 엄마 말에 나는 불안감이 몰려온다. 앨범을 넘기면서도 사진 한 장 한 장에 멈춘다. 마치 눈에 담으려는 듯이 한참을 바라본다. 오늘은 엄마 기분이 좋은 날이다. 내가 엄마를 보러 와서일까? 덩달아 나도 신이 났다. 나도 엄마도 여유가 생겼다. 이 시간이 길어지기를 간절히 바라고 있다.

이 세상에 엄마가 존재하지 않는다면 제일 먼저 드는 생각이 '나는 고아다!' 이 말이다. 백번을 살아도 나는 엄마처럼 살 수 없다. 어찌 그 고귀함을 따라갈 수 있을까?

시간을 거슬러갈 순 없을까요?

지금 엄마와 나는 이별을 준비하는 중이다.

엄마에게 인터뷰를 요청했다. 그런 거 안 한다며 절레절레 손을 흔드시다가 딸이 건네는 말에 끝내는 흔쾌히 수락해주셨다.

엄마 이야기로 글을 쓰는 딸에게 당신의 음성을 남겨주고 싶으셨던 걸까?

질문지를 준비하면서 마음이 무거웠다. 나는 이미 엄마의 답을 알 것만 같아 마음 한구석이 저려왔다.

첫 번째 질문. 엄마의 이름이 아닌 저희 엄마로 살아오신 인생은 어떠셨나요?

"힘들었시! 낳이 힘들었다. 놉시 고단할 땐 엄마라는 이름 뒤에 숨고 싶을 때도 있었다. 하지만 엄마는 좋았다. 좋았던 순간이 훨씬 컸다. 너희들 엄마로 살아서 좋고 행복했던 이유는 수만 가지가 넘을 거다. 엄마의 인생에 너희들이 있어 든든하고 외롭지 않았다."

두 번째 질문. 엄마에게 자식이란 어떤 존재인가요?

"봐도 봐도 또 보고 싶고, 늘 궁금하고 걱정되고, 뭐든 다 주고 싶은 존재이지.

엄마에게 너희는 무엇과도 바꿀 수 없는 엄마의 보물들이다.

잘해주지 못해 미안하고 안타깝고 안쓰럽고 또 대견하고 자랑스러운 아들, 딸이지.

엄마하고 부를 때마다 엄마의 존재를 알게 해주는 엄마로 성장시켜준 존재다."

세 번째 질문. 우리에게 전해 주고 싶은 말은 무엇인가요?

"먼저 고맙다, 내 딸아! 엄마가 마지막에 어떻게 될지 모르잖니. 마음만 있지, 너희들에게 작별 인사나 제대로 하고 갈는지 걱정인데 이렇게 남길 수 있게 되어 고맙구나.

엄마는 너희들 생각하면 가슴이 벅차오른다. 엄마 노릇 잘하지도 못하고 키웠는데 너희들은 우애 있게 참 잘 커줬다. 고맙다는 말을 꼭 전하고 싶구나. 엄마는 복이 많은 사람이란 걸 안다. 이제는 그 복을 너희들에게 남겨두고 싶다. 엄마의 시간이 얼마 남지 않았고 온전한 정신일 때가 앞으론 더 많지 않을 거다.

사랑하는 우리 딸들 그리고 큰아들과 막내아들아.

세상의 어떤 엄마보다 엄마는 행복했단다. 인생의 마지막에 엄마는 돌아본다. 몇 번의 고비 때마다 너희들이 엄마에게 보내줬던 응원의 소리를 마음에 담고 가려 한다. 엄마가 너희들과 작별할 때는 너무 많이 서러워하지 말아라. 너무 많이 아파하지도 말아라. 조금만 슬퍼하고 우리 행복하게 이별하자. 먼저 간 아빠가 엄마를 기다리고 있을 거다. 그러니 걱정하지 않기를 바란다. 엄마도 너희들 걱정 안 하고 마음 놓고 가려고 한다. 엄마가 이 세상에 왔다 간 이유가 너희들이었고 이제 엄마 몫은 다 한 거 같구나. 엄마 역할에서 자식의 역할에서 그러니 우리 서로 해방되는 날을 맞이하도록 하자. 너희가 내 딸이어서 내 아들이어서 엄마의 아들딸로

와 줘서 정말 고마웠다.

사랑한다. 그리고 애썼다. 엄마의 모든 것들."

엄마의 음성을 다 담으려니 눈물이 왈칵 쏟아졌다. 자판에 맺힌 자국들로 잠시 글자들이 엉겨 붙었다. 내 마음을 아는 듯이 엄마는 준비하고 있던 거였다. 우리와의 이별을 하나씩 하나씩 꺼내고 있었다. 조금이라도 정신이 맑을 때 엄마의 마지막 말을 우리에게 남기시려 한 것이었으리라.

초등학교 운동회 날이었다. 엄마가 이고 온 광주리에는 먹을 것이 가득했다. 김밥, 잡채, 달걀, 사이다, 강낭콩 개떡, 평소 먹을 수 없는 과자들까지 그날 친구들은 내 옆에 진을 치고 있었다. 엄마 덕에 친구들이 내 눈치를 봤던 하루였다. 친구들은 나한테 잘 보여야 하나라도 더 얻어먹을 수 있었던 날. 어깨가 으쓱해져 행복해하던 내가 그곳에 있었다.

엄마의 도시락은 입안에서 사르르 녹았다. 담백하고 고소할 수밖에 없는 엄마의 맛이었다. 잊지 못할 까마득한 기억이 나에게 선물처럼 들어왔다.

엄마는 그때 기억나?

그날 엄마는 정말 예쁘게 하고 학교에 왔어. 옷도 새 옷이

만옥의 마더

였고 분도 바르고 빨간 입술도 참 예뻤어. 엄마에게 났던 좋은 냄새도 기억이 나. 한참 엄마를 쳐다보며 황홀해하던 내가 보여.

엄마는 참 젊었었고 인기도 많았지. 아마 내가 기억하는 엄마 얼굴 중에 제일 환하게 웃고 있는 엄마 모습이야.

오늘 이 장면이 떠올라서 기분이 너무 좋다 엄마.

엄마는 늘 바쁘고 하루도 쉬는 날이 없었는데 그날은 엄마가 유일하게 쉴 수 있는 날이었잖아. 그래서 엄마 얼굴이 그렇게 환했나 봐.

그날 나는 엄마 때문에 인기가 가장 좋은 아이였어. 우쭐하고 괜히 잘난척하기도 했지. 마지막 달리기에서는 잘 달리지 못하는 내가 2등을 했어. 눈이 휘둥그레진 엄마는 너무 좋아했었지. 청군 백군 줄다리기할 때는 엄마와 함께 목이 터지라 응원하던 순간 얼마나 신나고 뛸 듯이 기뻤는지. 그날 엄마가 세상에서 제일 예뻤어.

엄마. 지금 생각하니 운동회 날이 엄마가 해방되는 날이었네. 농사일에서 집안일에서.

운동회가 많았으면 엄마가 웃는 날이 더 많았을 텐데 그런 생각을 해 보았어. 아마 나도 어린 마음에 지금과 같은 생각을 했을 거야. 우리 엄마가 많이 웃었으면 좋겠다고.

엄마와 추억 한 장 꺼내고 보니 참 새록새록해진다. 그립기도 하고 그때의 엄마로 세상에서 제일 예뻤던 그 날의 엄마를 만나러 가고 싶다. 엄마 품속에 퐁당 안기러.

엄마도 그날이 생각났으면 좋겠어.

엄마 기억나?

"그럼 기억하다마다. 운동장에는 만국기가 펄럭이고 아침 일찍부터 확성기에선 노랫소리가 울려 퍼졌지. 온 동네가 들썩들썩했다.

할아버지까지 온 식구가 구경을 갔었지. 동네 축제였단다. 사실 엄마도 한 달 전부터 준비하느라 고민했다. 뭘 입고 가야 하나? 뭘 준비해서 가야 하나 하며 걱정도 많이 했지. 너희들 요즘 고민하는 것처럼 엄마도 똑같았단다.

운동회 날이 엄마가 해방되는 날이었다고. 그래 맞다. 모든 일에서 근심도 멈출 수 있는 날이었지. 생각해보면 엄마도 그때가 참 좋았다. 너희들 쪼르르 쫓아다니며 챙기기 바빴지만, 엄마라서 뿌듯함이 몰려오곤 했다.

자리를 잡고 앉아 우리 딸들 차례가 되면 엄마 가슴도 조마조마했다. 둘째는 어찌나 빠른지 친구들 다 제치고 달리기 선수였고 넷째는 배구를 잘해서 결승전까지 나갔지. 그래 맞다. 엄마는 너와 열심히 응원만 했었지. 운동신경이 그다지 좋지 않았거든. 그런 네가 2등을 했으니 처음엔 잘못 본 줄 알았다. 맞더라.

그날 이후 너는 용기를 내더구나. 욕심도 생기고. 운동회가 우리 딸을 쑥쑥 크게 만들었다.

그때 단상에 앉아 심사하는 아빠 모습이 참 선비다웠다. 그 선비가 결혼 내내 변하지 않았다. 어쩌겠냐 타고난 걸, 엄마는 그때 알았다. 선비 믿다간 큰일 나겠다 싶었다. 그러니 엄마가 너희들에게 다정하진 못했던 거 같다. 다행히 할머니가 계셔서 엄마 역할을 대신해주었지.

할머니를 너희들이 얼마나 따르고 좋아했는지 엄마도 안다. 고마운 분이란걸.

너는 엄마에게 유난히 툭툭 쏘아붙이는 아이이기도 했지만 늘 엄마를 챙기려고 했다. 동네에 일이 생기면 너는 언제나 엄마 옆에 서 있었다. 그렇게 엄마를 지켰지. 외할머니 돌아가셨을 때도 너는 그랬다."

"엄마 무서워하지 마. 우리가 옆에 있으니까 걱정하지 말고 너무 놀라면 안 돼" 하며 엄마 손을 꼭 잡아주던 너였다. 정말 고마웠다. 엄마도 아주 무서웠단다.

네가 있어 안심되었다. 어디를 함께 가도 너는 늘 엄마를 보고 있었다. 엄마가 너를 아기 같다고 생각하는 만큼 넌 엄마를 더 아기처럼 나누너누나 지금까지도.

자주 못 보는 엄마를 위해 네가 베푼 마음인 걸 엄마는 안다. 그러니 안쓰러워 말아라. 엄마는 네가 일을 적당히 했으면 좋겠다.

지방 출장도 좀 줄이고 운전을 그렇게 많이 하니 허리도 어깨도 성할 날이 없잖니. 집에 오면 엄마는 네가 안쓰럽기 짝이 없다. 쉬러 왔다더니 밤늦게까지 또 책상에 앉아 있는 너를 본다. 그런 너의 어깨를 주물러주면 그리 시원하다고 "더 더해줘" 할 때 엄마는 듣기 좋다. 뭐래도 해주고 싶은데 엄마가 줄 게 별로 없구나!

우리 딸 엄마는 너의 꿈도 알고 엄마를 향한 너의 마음도 잘 안다. 엄마는 이미 충분히 넘치게 다 받았다. 그러니 이제는 너에게 쉴 수 있는 날을 많이 주렴. 특히 몸 잘 돌보고 어디 아프면 곧장 병원에 달려가라. 절대로 괜찮겠지, 하면 안 된다. 알겠지? 엄마와 약속하는 거다.

엄마는 몇 해 전 너의 얼굴이 떠오른다. 아빠를 보러 현충원 가는 길에 꽃집에 들렀을 때 "세상에서 제일 행복한 꽃다발 주세요" 했지, 그러고는 "엄마 제일 행복한 얼굴로 아빠

만옥의 마더

한테 가자" 하며 환하게 웃던 내 딸. 너는 어디서나 엄마를 외롭게 하지 않았다. 그런 네가 내 딸이라 엄마는 너무 좋구나. 그때 생각나니?"

"그럼 그곳을 내가 얼마나 좋아하는데 우리는 한참을 아빠랑 수다 떠느라 해가 지는 줄도 몰랐지.

엄마는 아빠 묘를 쓰다듬고 쓰다듬으시고 술도 한잔하시고 못 다한 얘기 풀어놓느라 아마 아빠가 그만하고 가라 하셨을 거 같아.

엄마 우리 가끔 이렇게 추억 한 장씩 찾으면 편지 주고받아요. 이런 게 행복이겠지. 다음 선물은 어떤 추억이 배달될까 기대해, 엄마."

〈마더 스토리〉 치유의 글쓰기는 엄마의 여정을 찾아가는 시간이었지만 결국 나를 찾아내는 과정이었음을 고백한다. 결국 엄마와 나는 한 몸이었다는 사실을 깨닫는 여정이 되었다.

그러니 우리는 서로 덜 아프기를 바랍니다. 덜 외롭기를 바랍니다. 그리고 충분히 이별을 준비하기로 했다. 저는 엄마의 딸로 사는 게 한없이 좋았습니다.

엄마와 나는
하나다

〈마더 스토리〉가 나오면 제일 먼저 엄마에게 달려가고
싶었습니다. "책은 언제 나오는 거니?" 하고 묻던 엄마의 목
소리가 아직도 옆에 있는 것마냥 생생합니다. 하얗게 눈이
하염없이 내리는 그날 엄마는 훨훨 아빠 곁으로 가셨습니
다. 엄마의 유골함이 아빠 옆에 살포시 안치되는 걸 보며
저는 안심했습니다.

'이제 엄마 혼자 쓸쓸히 외로히 계시지 않아도 돼요. 먼
산을 보며 하염없이 서 계시던 모습 이제는 없을 거예요'

만옥의 마더

더 안전하고 편안한 곳에서 아프지 말고 아빠와 영원히 행복하시길 간절히 기도했습니다. 세상에서 제일 슬픈 날을 보내고 엄마와 이별을 하는 동안 〈마더 스토리〉는 새로운 이름 《진주 반지를 낀 엄마》로 세상에 나오게 되었습니다. 표지에 실린 손이 엄마의 손과 많이 닮아 있었습니다. 진주 반지를 좋아하셨던 엄마를 영원히 기억하라는 이프북스의 선물이란 생각이 듭니다. 세상은 마음으로 이루어져 있고 우리는 모두 연결되어 있다는 걸 새삼 믿게 됩니다.

가슴속에 꼭꼭 묻어두었던 엄마 이야기를 꺼내며 매우 안타까웠고 많이 아팠습니다. 하지만 엄마를 만나러 가는 날은 참 행복했습니다. 그 시간을 추억하며 엄마의 부재를 견딜 수 있다는 생각이 듭니다.

철이 든다는 건 온몸으로 엄마를 받아들일 준비가 된 것이고, 어른이 된다는 건 스스로 나를 두려워하지 말아야 한다는 것을….

딸을 키워보니 이제야 엄마가 제대로 보입니다. 참으로 어리석기 짝이 없는 딸이었음을 고백합니다. 그러니 우리 서로 덜 아프고 덜 외롭기를 바랍니다.

〈마더 스토리〉는 엄마와 닮은꼴인 걸 제일 늦게 알아버린 딸에게 '엄마'라는 이름을 다시 선물해준 시간이었습니다.

엄마, 저는 엄마의 딸로 사는 게 한없이 좋았습니다.

자유로워진 딸이 자유로워진 엄마를 향해 사랑을 담아
보냅니다

닮은꼴

엄마를 닮고 싶지 않다고
늘 버릇처럼 말하던 소녀가 있었습니다
소녀가 훌쩍 커버려 엄마가 되었습니다

엄마에게 다시 아이가 태어나고
아이는 말했습니다
나는 엄마를 닮고 싶지 않아

엄마라는 이름
딸이라는 이름으로
매번 돌고 돌아 지금 이 자리
엄마와 딸은 여전히 닮아 있었습니다

저자에게 그리고 독자에게…

1년 이상 저자들의 엄마 이야기를 듣고 보고 또 보았다. 이제 그리움도 시들해졌다고 믿었는데, 14년 전 돌아가신 엄마 생각이 툭 튀어나올 때가 많았다. 내 의지와 관계없이 새록새록 다시 들춰지는 엄마에 대한 기억이 가슴 아플 때도 있었고, 나도 모르게 실실 미소가 새어나올 정도로 반갑고 유쾌하기도 했다. 뿐만 아니다. 살아 계실 때 하지 못했던 화해와 이해는 엄마가 돌아가신 시점부터 너무 황당할 정도로 자연스레 이뤄졌다는 사실이 떠올랐다. 한 여자로의 엄마 인생이 얼마나 악착같을 수밖에 없었는지, 그리 악착스레 사느라 자연스레 놓쳤던 것들을 나는 칼자루처럼 쥐고 엄마를 겨냥했는지도 모르겠다는 진실마저도.

아, 딸은 정말 무섭다. 엄마를 너무 잘 알고 엄마에게 밀착되어 있고 또 엄마를 계속 바라보고 있다. 마냥 늘 항상 훌륭할 수 없는 엄마가 되고 보니 딸이었던 나는 내가 얼마나 냉혹하게 엄마를 재단했는지 알 것 같다. 이렇게 나는 이 필자들의 이야기를 읽기만 했는데도 딸인 나의 엄마에 대한 시선, 엄마가 가졌을지도 모를 약간의 수치심들, 자식들에게 받고 싶었을 인정들이 갑자기 보였다.

여자들에게 엄마라는 주제로 이야기를 쓴다는 것은 내면의 지하 세계에 다녀오는 일과 다르지 않다. 사실 그 정도 용기를 가지고 직면해야 스스로에게 도움이 될 성찰의 건더기를 가져올 수 있다. 어설프게 덤볐다간 관계도 망치고 나의 정신세계도 결국은 엉망이 될 '판도라의 상자' 같은 것이다.

그래서 나는 치유 글쓰기 〈마더 스토리〉 프로그램에 참여할 자신이 없었다.

〈마더 스토리〉라는 치유 글쓰기 프로그램을 마지막까지 완주한 것도 존경스러운데, 그 완주한 결과물을 다시 보고 다듬어 책으로 만드는 과정을 끝까지 포기하지 않고 함께 해낸 저자들에게 수고했다는 말과 함께 진심어린 감사의 말을 꼭 여기 남기고 싶었다. 그녀들은 이제 웬만한 그 어떤 성찰 도 해낼 수 있는 내면 성장의 큰 고비를 넘긴 생존자들이다.

이제 이 생존자들의 이야기가 독자들에게 또 다른 울림 이 되길 바란다. 딸들이 쓴 엄마 이야기지만 결국 화자는 딸 인 것처럼, 이 책에서 무엇을 읽고 느끼든 그것은 이제 독자 들의 이야기가 될 것이다. 그 이야기를 기다려 본다.

진주 반지를 낀 엄마

초판 1쇄 발행 2024년 5월 16일

지은이 | 경은, 혜진, 미영, 만옥
펴낸이 | 유숙열
교정 | 유지서
디자인 | 호기심고양이
출력 | 교보피앤비
펴낸 곳 | 이프북스 ifbooks
등록 | 2017년 4월 25일 제2018-000108
주소 | 서울 은평구 연서로71 살림이5층
이메일 | ifbooks@naver.com
SNS | https://www.facebook.com/books.if
홈페이지 | https://www.ifbooks.co.kr

ISBN 979-11-90390-34-7 03800